10대,
너의 꿈에 오답은 없다

10대, 너의 꿈에 오답은 없다
시가 묻고 에세이가 답하다

초판　　1쇄 발행 2013년 8월 5일
개정판　2쇄 발행 2017년 5월 20일

지은이　　이 하
펴낸이　　한승수
펴낸곳　　문예춘추사
편집　　　고은정 이다연
마케팅　　안치환
디자인　　김경년

등록번호　제300-1994-16
등록일자　1994년 1월 24일
주소　　　서울특별시 마포구 연남동 565-15 지남빌딩 309호
전화　　　02-338-0084
팩스　　　02-338-0087
E-mail　　moonchusa@naver.com

ISBN　　　978-89-7604-257-6　03800

시가 묻고 에세이가 답하다

10대,
너의 꿈에 오답은 없다

이 하 엮고 씀 | **고부기** 그림

문예춘추사

이룰 수 없는 꿈을 꾸기를

이룰 수 없는 꿈을 꾸고
이룰 수 없는 사랑을 하고
견딜 수 없는 고통을 견디며
닿을 수 없는 저 하늘의 별을 따자

― 세르반테스 《돈키호테》 중에서

역사상 가장 위대한 작가 중 한 명으로 추앙받는 스페인의 세르반테스는 기사도 이야기를 풍자하기 위해 《돈키호테》를 쓰기 시작했지만, 점차 돈키호테와 산초 판사의 캐릭터에 압도당해 그들이 이끄는 대로 소설을 써나갑니다.

다른 사람들이 볼 때는 우스꽝스럽고 바보 같을지 몰라도 자신의 꿈을 굽히지 않고 가진 전부를 걸어 길을 가는 사람들, 독자들은 그들을 따라 길을 걷다가 어느 순간 깨닫게 되지요.

꿈은 이렇게 꾸는 것이구나. 꿈이란 이렇게 갈망하며 도전하고 다시 일어서는 것이구나.

그들은 이미 자신들 이야기를 써 나가는 작가의 생각까지 넘어서 버립니다. 세르반테스는 다만 돈키호테의 행적과 대화를 받아 적을 뿐이지요. 돈키호테는 이렇게 외칩니다.

"이룰 수 없는 꿈을 꾸고/ 이룰 수 없는 사랑을 하고/ 견딜 수 없는 고통을 견디며/ 닿을 수 없는 저 하늘의 별을 따자"고 말입니다.

과연 "이룰 수 없는 꿈"을 꾼다는 게 말이 되는지, 처음에는 고개를 저었습니다. 하지만 그만한 꿈을 꾸었기에 돈키호테는 자신의 조물주인 세르반테스까지도 넘어서서 수 세기가 지난 지금도 사람들 마음속에서 살아 숨 쉬게 된 것이지요.

이 책에 나오는 시인 로버트 프로스트는 어릴 적 농장에서 자랐지만 이러한 꿈 덕분에 열심히 공부해서 하버드대학교를 졸업하였고, 어린 시절의 경험을 살려 농민과 자연을 노래한 시를 써서 퓰리처상을 4회나 수상하였습니다.

아르헨티나에서 태어난 체 게바라 역시 천식을 앓으면서도 부단히 노력하여 의사가 되었고, 더 큰 세상에 헌신하기 위해 쿠바 혁명을 성공으로 이끌었으며, 거기에 안주하지 않고 볼리비아로 건너가 그곳 사람들을 위해 싸우기도 하였습니다.

이 밖에 수많은 위인들은 "이룰 수 없는 사랑"을 하였기에 많은 사람들의 가슴에 불을 지필 수 있었고, "견딜 수 없는 고통"을 참아 냈기에 오늘날 그 어떤 이보다 큰 감동을 심어 주었고, "닿을 수 없는 저 하늘의 별"을 따려 했기에, 불멸의 화신으로 사람들 마음속에서 빛나게 된 것입니다.

청소년들이야말로 이런 돈키호테와 같은 존재가 아닌가 싶어요. 꿈만 가지면 무엇이든 이루어 낼 수 있는 전사들. 아직은 어디로 가야 할지 모르고 어떻게 별을 따야 할지 몰라 갈팡질팡하지만, 한번 달리기 시작하면 누구도 말릴 수 없는 기사들.

이 책에서는 50편의 명시와 함께 지금 시기에 읽고 느꼈으면 하는 이야기들을 전체 5부로 나누어 담았습니다. 각각 꿈과 사랑, 상처와 이상, 그리고 사회에 대한 시와 에세이를 통해, 청소년 여러분들이 더 많은 것들을 인식하고 긍정하며 툭툭 털고 다시 일어날 수 있었으면 좋겠습니다.

감동적인 시편들은 그 자체로 50가지의 깨달음과 기사도 정신을 담고 있다고 해도 과언이 아닐 것입니다. 중요한 것은 그만한 꿈의 크기와 용기입니다.

지금부터 저와 함께 로시난테의 등에 올라타 볼까요? 우리가 갈 곳은 저 하늘에 아로새겨진 당신의 꿈자리입니다. 그 길이 아무리 어렵고 고단할지라도, 아무리 어둡고 막막해도 마지막까지 온몸으로 달려 보기로 해요.

여러분도 전설이 될 수 있답니다. 자, 어서요.

푸르게 출렁이는 꿈을 찾는 여정에 앞서

어디 멀리 여행이라도 다녀오고 싶지만 여의치가 않습니다. 병가를 내 볼까, 궁리를 해 보지만 그도 녹록지 않습니다. 주말을 기다려 보지만 주말은 주말대로 이런 저런 소비를 하느라 녹초가 되어 있기 십상입니다. 일뿐만 아니라 휴식으로부터도 소외된 삶을 꾸역꾸역 이어가는 게 당대 일상인의 풍경이 아닌지 모르겠습니다.

그때마다 저는 시를 읽습니다. 시는 자잘한 일상의 시공간대에서 자신을 섬처럼 떼어 내어 무엇인가를 골똘하게 들여다보는 눈을 갖게 해 줍니다. 어떤 대상을 그 누구보다 오래, 그리고 지극하게 바라보면 어느 순간, 놀랍게도 그 대상이 자기 자신을 보여 주기 마련이지요. 세상에서 가장 먼 여행지를 자기 자신이라고 한다면, 시 읽는 일이야말로 최고의 여행법이라고 할 수 있겠습니다.

청소년을 아이와 어른 사이의 점이지대에 놓인 인간형으로 이해할 때, 사실 시만큼 그 존재에 가까운 장르도 없습니다. 시는 경계에 놓인 양식, 기표와 기의 사이에 가로놓인 틈을 주시하는 양

식입니다. 그래서 늘 이미 굳어진 의미보다는 새로 만들어지고 살아 움직이며 끊임없이 흐르는 의미를 찾아 나섭니다. 그렇다면 청소년기만큼 시와 가까워질 수 있는 시기도 없을 것입니다. 어쩌면 시는 애초부터 미-성년의 장르일지도 모릅니다.

여기 모인 시편들과 작가가 들려주는 삶의 이야기들은 가장 푸르게 출렁이는 시기에 지리상의 발견 못지않은 자기 발견의 기회를 줄 것이 분명합니다. 청소년을 대상으로 한 책들에 흔히 나타나는 계몽적인 목소리 없이도 어떻게 교감하고 함께 꿈을 꿀 수 있는지를 자상하게 보여 주고 있으니 말입니다. 시인의 프리즘을 통과한 말들의 분광이 참으로 경이롭습니다. 저 또한 이 책을 통해 오랫동안 잊고 지낸 제 안의 청소년을 향해 여행을 떠나 보고자 합니다. 책장을 넘기는 손길마다 늘 푸르게 출렁이는 꿈들이 넘실거리고 있습니다.

손택수 (시인)

삶에 지쳐 힘들어하던 너에게

오늘도 너는 잘 지내고 있다는 문자를 주었구나. 잘 지낸다는 안부를 전해 주는 네가 낯설면서도 안심이 돼. 참 다행이야. 작년에 담임으로 만난 첫날부터 너는 교실 책상을 밀치고 나가 버렸지. 부모님의 이혼, 돌봐 줄 사람 없이 혼자 지내야 하는 외로움, 급격히 떨어진 성적, 희망이 보이지 않는 날들이었을 거야.

담임인 내게도 마음을 터놓지 않는 너를 보며 모두들 그만 포기하라고 했지만 그럴 수 없었어. 나에게 네 몸짓은 세상을 향해 아픔을 호소하는 마지막 울부짖음이었으니까. 나는 세상을 향해 아무런 희망도 가질 수 없던 네게 남은 마지막 손이었고, 교사인 내 작은 손에 한 사람의 인생이 달려 있었으니까.

내가 너에게 무얼 해 줄 수 있을까? 묻고 또 물었단다. 그리고는 내 스스로에게 다짐하듯 "우리 꼭 학교 졸업하자. 그래야 네가 나중에 무엇을 하든 더 멋있게 살 수 있을 테니까!"라고 응원의 말을 던지고는 했어. 내게는 네가 이 세상과 소통하고, 희망을 줄 수 있으며, 사랑을 주고받을 수 있는 소중한 존재라는 분명한 믿음이 있었거든. 그 소망처럼 너는 당당히 친구들과 함께 졸업식장에 서게 되었지.

지금도 내 주변엔 막막한 현실 속에 미래에 대한 끈을 놓으려는 친구들이 많아. 그런 친구들 손을 모두 붙잡아 주기는 어렵겠지만 이 책이 나와서 너무 반가워. 시와 함께 풀어낸 치유의 이야기와 꿈을 심어 주는 에세이가 큰 위로와 격려가 되었으면 해. 어둡고 긴 터널을 건너 조금씩 빛을 찾아가는 너처럼, 아직도 내 주변을 서성이는 너와 같은 많은 친구들에게도 이 책을 통해 응원의 메시지를 전해. 파이팅!

장지숙 (부천중학교 국어교사)

Contents

도저히 넘을 수 없는 벽이 눈앞에 있다고 느껴질 때가 있습니다.

지금껏 잘해왔지만, 이것만은 나도 어쩔 수 없다 싶어 주저앉고 싶을 때가 있지요.

하지만 담쟁이는 '너는 벽이야? 나는 담쟁이, 그러니까 까짓것 넘지 뭐'

하면서 담을 타고 넘습니다.

높으면 높을수록 더 멋들어지게 타고 넘습니다.

여러분이 바로 그런 담쟁이랍니다.

첫 번째 이야기

이룰 수 없는
꿈을 꾸는 마음

나의 삶

_체 게바라

내 나이 15살 때
나는
무엇을 위해 죽어야 하는가를 놓고 깊이 고민했다
그리고 그 죽음조차도 기꺼이 받아들일 수 있는
하나의 이상을 찾게 된다면,
나는 비로소 기꺼이 목숨을 바칠 것을 결심했다

먼저 나는
가장 품위 있게 죽을 수 있는 방법부터 생각했다
그렇지 않으면,
내 모든 것을 잃어버릴 것 같았기 때문이다
문득,
잭 런던이 쓴 옛날이야기가 떠올랐다
죽음에 임박한 주인공이
마음속으로
차가운 알래스카의 황야 같은 곳에서

혼자 나무에 기댄 채
외로이 죽어가기로 결심한다는 이야기였다
그것이 내가 생각한 유일한 죽음의 모습이었다

학창 시절, 학교를 마치고 집에 돌아갈 때면 늘 이런 생각을 했습니다. '나는 커서 뭐가 될까, 아니 커서 무엇을 할까?' 학교와 학원 생활로 바쁜 가운데서도 거꾸로 되물었지요. 적어도 그 꿈이 나 하나만을 위한 게 아니었으면 좋겠다는 생각도 했던 것 같아요.

체 게바라는 어릴 때부터 천식을 앓았습니다. 그럼에도 럭비나 수영 같은 운동을 하며 약한 체력을 극복했고, 열심히 공부하여 의사가 되었지요. 하지만 남들이 선망하는 의사라는 직업도 내버리고, 부조리하게 억압받고 살아가는 사람을 위해 쿠바의 혁명가로 거듭납니다.

체 게바라는 말합니다. "내 나이 15살 때/ 나는/ 무엇을 위해 죽어야 하는가를 놓고 깊이 고민했다"고. 단순히 꿈을 이루고 만족하는 모습만 떠올린 게 아니라, 그 "하나의 이상"을 찾으면 "기꺼이 목숨을 바칠 것"까지 결심을 합니다.

벌써 꿈의 크기가 다를 수밖에 없겠지요? 남들보다 더 열심히 하겠다는 게 아니라, 그것을 위해 자신의 전부를 불태우겠다는 의

지가 있었으니까요. 어떻게 보면 의사라는 직업조차도 체 게바라 한테는 작게 느껴졌을지 모릅니다.

체 게바라는 독재자 바티스타가 집권한 쿠바에서 피델 카스트로와 함께 게릴라전을 펼칩니다. 열악한 환경 속에서도 마침내 혁명을 승리로 이끌고 쿠바의 두뇌로 불리며 정권의 기초를 닦아 나가지요.

이쯤 되면 충분히 멋있는 사람 아닌가요? 쿠바의 사령관으로, 은행 총재로, 산업부 장관 등으로 활약할 정도면 더 바랄 게 없지 않았을까요?

하지만 체 게바라는 이에 안주하지 않고, 1965년, "쿠바에서는 모든 일이 끝났다"라는 편지를 남기고 사라졌다고 합니다. 그리곤 볼리비아로 건너가 억압받는 볼리비아 민중들을 위해 바리엔토스 정권을 상대로 게릴라전을 벌였습니다. 하지만 1967년 10월 9일, 그는 볼리비아 정부군에게 잡혀 총살당하고 맙니다. 체 게바라가 39세 때의 일입니다.

그의 죽음은 아군과 적군 가릴 것 없이 모두에게 큰 충격과 감동을 안겼다고 해요. "죽음에 임박한 주인공이/ 마음속으로/ 차가운 알래스카의 황야 같은 곳에서/ 혼자 나무에 기댄 채/ 외로이 죽어가기로 결심한다는 이야기"처럼, 정말로 체 게바라는 그렇게 외롭게, 그러나 "가장 품위 있게" 모두의 가슴 속에서 눈을 감았습니다.

어떤가요? 그 모습만 떠올려도 숙연해지면서, 또 한편으로는 가슴이 뜨거워지지 않나요? 오늘날까지 전 세계의 수많은 사람들에게 영향을 미치는 체 게바라의 꿈과 정신을 따라 바로 지금, 내 꿈의 크기를 한 뼘 더 늘려 보면 어떨까요?

저는 중학교 때 충수염에 걸려 크게 앓은 적이 있었습니다. 부모님이 걱정하실까 봐 말도 못 한 채 끙끙 앓다가 결국 맹장이 터져서 복막염이 되었고 죽음의 문턱까지 다다랐지요. 저는 그때 삶과 죽음에 대해서 다시 생각하게 되었습니다. 힘들고 어렵게 사는 사람들의 이야기를 시로 써야겠다는 결심도 했고요.

바라던 대로 시인이 된 지금, 체 게바라의 글과 평전을 읽고, 이번에는 더 큰 꿈을 그리고 있어요. 체 게바라가 다시 혁명가로 거듭

났듯이, 저도 억압받고 사는 사람들의 이야기를 더 진솔하게 써내고 싶어요. 헤르만 헤세의 《데미안》이나, 데이비드 샐린저의 《호밀밭의 파수꾼》 같은 소설을 써서 노벨 문학상 수상자도 되고 싶지요.

노벨상을 받는 것이 목표냐구요? 체 게바라가 쿠바혁명에 성공하고도 거기에 안주하지 않고 볼리비아로 갔듯이, 저도 더 큰 꿈을 꿀 거예요. 그리고 또 새로운 이야기를 써나가겠지요.

여러분도 그 뜨거운 꿈을, 마지막 순간까지 아름답게 그릴 수 있는 꿈을 지금 바로 그려 보는 건 어떨까요? 아직 아무도 발을 들여놓지 않은 땅에, 그리면 그리는 대로 내 땅이 되는 기분, 지금 느껴 보세요.

가지 않은 길

_프로스트

노란 숲속에 두 갈래 길이 있었습니다
나는 두 길을 다 가지 못하는 것을
안타깝게 생각하면서
오랫동안 서서 한 길이 꺾이어
바라다볼 수 있는 데까지
멀리 바라다보았습니다

그리고 똑같이 아름다운 다른 길을 택했습니다
그 길에는 풀이 더 있고
사람이 걸은 자취가 적어 아마 걸어야 될 길이라고 생각했던
게지요
그 길을 걸으므로 그 길도
거의 같아질 것이지만
그날 아침 두 길에는
낙엽을 밟은 자취는 없었습니다
아, 나는 다음 날을 위하여 한 길을 남겨두었습니다

길과 맞닿아 끝이 없으므로
내가 다시 돌아올 것을 의심하면서

훗날 훗날에 나는 어디선가
한숨을 쉬며 이야기할 것입니다
숲속에 두 갈래 길이 있었다고
나는 사람이 적게 간 길을 택하였다고
그리고 그것 때문에 모든 것이 달라졌다고

오락 게임을 하다보면 캐릭터가 길을 잘못 들 때가 있어요. 아차, 싶긴 해도 그때는 다시 돌아오면 그만이지요. 캐릭터의 목숨은 여러 개라서 죽어도 얼마든지 새로 할 수도 있고, 아니면 위험하다 싶을 때 미리 데이터를 저장해 놓을 수도 있습니다. 하지만 인생은 그렇게 할 수 없기에 삶의 갈림길에서 내리는 선택이 그만큼 중요합니다.

온몸이 "노란 숲속"의 단풍 든 것처럼 뜨거울 여러분들이야말로 지금, 바로 "두 갈래 길" 앞에 서 있는 셈입니다. 당연히 몸이 두 개가 아니니, 아쉽게도 "두 길을 다 가지"는 못하겠지요? 그렇기 때문에 어른들은 자신들의 경험을 들어 이 길로 가라며 조언을 해주기도 합니다.

물론 최선을 다한다면 두 길 다 "똑같이 아름다운" 길인 것만은 분명합니다. 다만 어떤 길을 택하느냐에 따라 "길과 맞닿아 끝이 없으므로/ 내가 다시 돌아올 것을 의심"할 수밖에 없다는 것을 알아 둘 필요도 있겠지요. 그만큼 선택은 어려울 것입니다.

시 속의 화자는 결국 "사람이 적게 간 길"을 택합니다. 그 길은

"풀이 더 있"기에 힘들고 험난할지도 모릅니다. 가다가 넘어질 확률도 높고, 넘어지면 더 크게 다칠 수도 있습니다. 하지만 화자는 꿋꿋하게 그 길을 갑니다.

이 시를 쓴 로버트 프로스트는 어릴 적 경험을 살려 소박한 농민과 자연을 노래한 시를 써서 퓰리처상을 네 번이나 수상한 시인입니다. 그는 하버드대학을 나왔지만 안정적인 길을 걷는 대신 꿈을 좇아 남들이 쉽게 가지 않는 길을 걸어 시인이 되었어요.

그랬기에 프로스트는 지금 "훗날 훗날에 나는 어디선가/ 한숨을 쉬며 이야기"할 수 있는 것이겠지요? "숲속에 두 갈래 길이 있었다고/ 나는 사람이 적게 간 길을 택하였다고/ 그리고 그것 때문에 모든 것이 달라졌다고" 말입니다.

저는 고등학교 때 시인의 꿈을 품고, 국문과에 진학해서 대학 시절 내내 시 쓰기에 매진했지요. 다른 친구들이 영어사전을 볼 때, 전 국어사전만 봤어요. 그리고 졸업 후에도 당장 취직하기보다는, 더 큰 세상을 겪어 보고자 중국 대륙을 3년 간 주유했어요.

덕분에 한국문화예술위원회가 주는 신진예술가기금도 받을 수 있었고, 시집도 낼 수 있었지요. 또한 그 경험을 인정받아 높은 경쟁률을 뚫고, 제가 꿈꿨던 회사에 들어갈 수도 있었답니다. 그리고 지금은 나와 모두의 행복을 위해 이 책을 쓰게 됐고요.

이 모든 건 "낙엽을 밟은 자취"가 없는 길을 선택했기 때문에 가능했다고 생각해요. 더 큰 꿈을 품고, 진정 하고 싶은 일에 밤낮으로 열정을 쏟아부었습니다. 그러고 나니 점점 더 큰 회사로 가게 되었고, 꿈의 크기도 점점 더 불어나서, 더 멋있는 작가가 되기 위해 또 다른 갈림길에서 선택을 하였지요.

여러분은 그 첫 번째 갈림길에 서 있어요. 중요한 것은 프로스트처럼, "훗날 훗날에" 자신의 모습이 어떨지 먼저 상상해 보는 일이에요. 퓰리처상을 네 번이나 수상했을 뿐만 아니라, 존 에프 케네디 대통령 취임식에 자작시를 낭송할 정도로 국민 시인으로 칭송받았던 프로스트처럼, 여러분도 자신의 이름 앞에 '국민'이 붙을 정도로 아니 '세계', 혹은 '지구'가 붙을 정도의 포부를 가지고 "가지 않은 길"을 선택해 보는 것은 어떨까요?

시상식장이나, 텔레비전 인터뷰에서 "나는 사람이 적게 간 길"

을 택하였고 "그것 때문에 모든 것이 달라졌다"며 소감을 밝히는 모습까지 떠올려 보는 것은 어떨까요?

자, 그러니 두 주먹을 불끈 쥐고 의지를 다져 봐요. 그리고 용기를 내어 첫발을 내딛어 보아요. 여러분은 그 무엇이라도 할 수 있답니다. 자, 어서요.

앨버트로스

_보들레르

시도 때도 없이 뱃사람들은 재미 삼아
앨버트로스를 붙잡는다.
바닷길을 미끄러져 가는 배를 좇는,
한가한 여행의 길동무인 거대한 바닷새.

그들이 갑판에 내려놓자마자
이 창공의 왕은, 서투르고 치욕스런 몸짓으로,
마치 양 옆구리에 붙은 노처럼
커다란 흰 날개를 가련하게 질질 끄는구나.

이 날개 달린 나그네가 어찌 이리도 어색하고 나약한가!
한때 그토록 멋있던 새가 이제는 참으로 흉하고도 우스꽝스
럽구나!
어떤 사람은 담뱃대로 부리를 툭툭 건드리고,
어떤 사람은 절뚝거리면서, 하늘 날던 불구자를 흉내 낸다!

'시인'도 이 구름의 왕자 닮아서
폭풍우 넘나들고 사냥꾼이 쏜 화살을 비웃건만,
야유로 가득한 속세의 땅에 떨어지면
그 거창한 날개도 길을 걷는 데 걸림돌이 될 뿐이다.

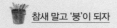

거대한 새, 앨버트로스를 본 적이 있나요? 바
닷새이기 때문에 직접 보기는 어렵지만, 거대한 날개를 지닌 "구
름의 왕자"를 떠올리면 얼핏 그림이 그려지기도 합니다. 어찌나
날개가 큰지, 큰 날개를 좌우로 드리운 모습이 하늘에서는 정말
왕자 같습니다. 하지만 땅에 내려앉으면 그 날개의 무게 때문에
뒤뚱뒤뚱 어색하게 걸어서 때론 바보 같아 보이기도 합니다.

보들레르는 이 앨버트로스를 시인에 비유합니다. 시인들도 언
어를 빚는 상상의 세계에서는 더없이 멋있고 아름다운 존재이지만,
정작 생활인으로서 살림꾼의 면모는 다소 부족하기 때문이에요.

갑판은 현실 세계를 나타내지요. 이 시에서도 선원들은 그 새
를 잡아 갑판 위에 둡니다. 그랬더니 앨버트로스는 "서투르고 치
욕스런 몸짓으로,/ 마치 양 옆구리에 붙은 노처럼/ 커다란 흰 날개
를 가련하게 질질" 끌고 다닙니다. 한술 더 떠서 선원들 중 "어떤
사람은 담뱃대로 부리를 툭툭 건드리고,/ 어떤 사람은 절뚝거리면
서, 하늘 날던 불구자를 흉내" 냅니다.

하지만 앨버트로스는 그만큼 온 힘을 다해 날갯짓을 합니다.

자신의 세계인 하늘에서는 온전히 왕자가 되어 창공과 바다를 모두 지배하지요.

때로는 앨버트로스처럼 거대한 꿈의 날개를 활짝 펴고 한껏 날아 보는 것도 좋겠습니다. 물론 이미 사회에 나간 사람들이라면 그렇게 꿈을 향해 모든 것을 던지기가 쉽지 않을 거예요. 현실에서 생계를 잇기 위해 바닷새보다는 선원의 삶을 살아야 하기 때문이지요.

그러나 여러분들은 갑판에서도 여러 사람들이 지켜 주기 때문에 모든 삶에서 앨버트로스처럼 힘껏 꿈을 꾸고, 힘껏 날갯짓을 할 수 있습니다. 읽고 싶은 책은 읽으면 되고, 하고 싶은 공부는 마음껏 하면 되지요. 물론 그 노력의 시간들이 지루하고 고통스러울 수도 있습니다. 한번 넘어지면 다시 일어나기 힘들 때도 있을 거예요.

하지만 그렇기 때문에 어찌 보면 지금이야말로 인생에 있어서 가장 자유롭고, 마음껏 꿈을 꿀 수 있는 유일한 시기일지도 모릅니다. 그렇다면 이 시점을 푸념할 게 아니라 거꾸로 이용해 보는 것은 어떨까요? 거꾸로 꿈을 꾸고, 그만큼 꿈의 날개를 더 크게 드리우고, 하늘과 바다의 왕자답게 더 큰 세계를 품어 보는 것은 어떨까요?

하여 "폭풍우 넘나들고 사냥꾼이 쏜 화살을 비웃"어 보면 어떨까요? 지금 이 순간 온 힘을 다해 날 수 있다면, 어쩌면 훗날 "속세의 땅"에 내려왔을 때 왕과 여왕으로서 자신의 세계를 지배할 수 있지 않을까요? 그땐 "거창한 날개"가 "길을 걷는 데 걸림돌이" 되는 게 아니라 더 큰 세상을 가로지를 수 있게 도와 주지 않을까요?

《장자》의 〈소요유편〉에는 '곤鯤'이라는 물고기가 나옵니다. 이 물고기가 변하여 새가 된 게 '붕鵬'이라고 하는데, 얼마나 큰지 크기도 가늠할 수 없다고 해요. 날개는 그 자체로 하늘을 덮은 구름과 같아서 바다에서 날갯짓을 하면 파도는 3천 리 밖까지 퍼지고, 그것이 일으킨 회오리바람은 9만 리에 이른다고 합니다.

어떤가요? 아직은 작은 돌고래처럼 물 위를 튀어 오르는 연습을 하는 여러분이지만, 언젠가 '붕'이 되어 세상을 뒤흔드는 모습을 상상해 보는 것은?

우리에게 앞바다는 이제 좁습니다. 좁아도 너무 좁지요.

인생 거울

_매들린 브리지스

당신이 갖고 있는 최상의 것을 세상에 내놓으십시오.
그러면 최상의 것이 당신에게 돌아올 것입니다.
사랑을 주십시오, 그러면 당신 삶에 사랑이 넘쳐흐르고
당신이 심히 곤궁할 때 힘이 될 것입니다.
믿음을 가지십시오, 그러면 수많은 사람들이
당신의 말과 행동에 믿음을 보일 것입니다.
왜냐하면 삶은 왕과 노예의 거울이고,
우리의 모습과 행동을 그대로 보여주는 법.
그러니 당신이 세상에 최상의 것을 내놓으면
최상의 것이 당신에게 돌아올 것입니다.

삶이 참 각박해졌다고 느낄 때가 많습니다. 특히 신문이나 뉴스를 볼 때면 그런 생각이 더 많이 들지요. 친구들과의 관계에서도 마찬가지예요. 내가 많이 챙겨 주었다고 생각했는데, 정작 친구에게 그만큼 못 받는다는 생각이 들면 슬그머니 서운해지기도 합니다.

하지만 수많은 역사 인물들과 CEO들, 그리고 종교 지도자들은 한결같이 인생의 가장 큰 성공 비결을 '아무런 것도 바라지 않고 주는 사랑', '대가를 생각지 않고 최선을 다해 일하는 것'이라 꼽고 있어요. 신기하지 않나요? 얼핏 들으면 손해 보고 살라는 것 같은데, 그게 삶의 가장 중요한 비밀이라니요. 그래서 그들도 그 자리에 섰다니요.

매들린 브리지스는 시 〈인생 거울〉을 통해, 우리는 이해할 수 없는 그들의 말이 왜 삶의 가장 중요한 비밀이 되는지를 찬찬히 비춰서 보여 줍니다. "당신이 갖고 있는 최상의 것을 세상에" 내놓으면 "최상의 것이 당신에게 돌아"온다고 합니다. 이것은 어떤 복잡한 논리가 아니라, 마치 거울 앞에서 내가 손을 내밀면 거울 속의 나도 손을 내미는 것과 같은 너무나 분명하고 단순한 사실입니다.

마찬가지로 "사랑을 주십시오, 그러면 당신 삶에 사랑이 넘쳐흐
르고/ 당신이 심히 곤궁할 때 힘이 될 것"이라고 합니다. 생각해 보
니 그렇습니다. 선물을 받을 때보다, 그 사람이 기뻐할 모습을 상상
하며 선물을 고를 때가 더 뿌듯하지요. 또한 무언가를 주고 나서 잊
고 있었는데 생각지도 못한 때에 두 배, 세 배로 큰 선물을 받은 적도
떠오릅니다.

　시인은 그러면서 "믿음을 가지"라고 말합니다. 때론 밑진 것 같고,
때론 속이 상해도 그건 잠깐일 뿐이라고. 그러니 어떤 일을 할 때나,
어떤 이를 만날 때도 신뢰를 가지고 대한다면 "수많은 사람들이/ 당
신의 말과 행동에 믿음을 보일 것"이라고 말입니다. 비록 지금은 마
음의 씨앗들을 세상에 뿌리는 일이 의미 없는 행위처럼 보일지라도
언젠가는 열매를 거두게 될 것이라는 이야기지요.

　당장 돌려받지 못하면 어떤가요? 또 아예 되받지 못하면 어때요?
그만큼 그 사람에게 좋은 것을 주었다면, 그리고 그로 인해 그 사람
이 잘되었다면, 그것만으로 기쁘고 행복하지 않겠어요? 지금 내가
준 열매가 익고 있다고 생각해 봐요. 그리고 그게 언젠가는 더 큰 열

매가 된다면! 설령 내게 돌아오지 않아도 많은 이들이 그 열매를 누가 주었는지 알아볼 거 아니겠어요? 그리고 내게 더 신뢰를 가지고 칭송하지 않겠어요? 그렇다면 더 받지 않아도 나는 이미 준 것보다 더 많이 받은 셈이 되지요.

이는 특정한 사람에게만 해당되는 게 아니라고 시인은 말합니다. "삶은 왕과 노예의 거울이고/ 우리의 모습과 행동을 그대로 보여주는 법"이라서 너무나 분명하다고요. 그러니 "당신이 세상에 최상의 것을" 주고 "최상의 것"을 돌려받으라고 합니다.

어떤가요? 돌이켜 보면 주는 것도 습관이에요. 물질에 국한된 이야기가 아닙니다. 마음으로도 충분할 수 있으니까요. 친구들 중에서도 잘 나누는 사람이 있는가 하면, 그러지 못하는 친구들도 있지요. 그런데 가만히 보면 잘 나누는 친구들이 더 인기가 많고, 더 많이 웃어요. 그 친구는 이미 '주는 기쁨'을 알고 있기 때문이에요.

오늘 만나는 사람, 오늘 하는 공부, 그리고 오늘 부모님께 하는 말들, 하나하나 자신의 "최상의 것"으로 대하고, 배우고, 또 말해 보면 어떨까요? 그저 속는 셈 치고, 자신이 할 수 있는 한 최선을 다해서요. 지금 당장 못 받는다면 더 기뻐해도 좋아요.

내가 베푼 것들은 지금도 사람들 사이에서 굴러다니며, 눈덩이처럼 불어나고 있을 테니까요.

북어

_최승호

밤의 식료품 가게
케케묵은 먼지 속에
죽어서 하루 더 손때 묻고
터무니없이 하루 더 기다리는
북어들,
북어들의 일 개 분대가
나란히 꼬챙이에 꿰어져 있었다.
나는 죽음이 꿰뚫은 대가리를 말한 셈이다.
한 쾌의 혀가
자갈처럼 죄다 딱딱했다.
나는 말의 변비증을 앓는 사람들과
무덤 속의 벙어리를 말한 셈이다.
말라붙고 짜부라진 눈,
북어들의 빳빳한 지느러미.
막대기 같은 생각
빛나지 않는 막대기 같은 사람들이

가슴에 싱싱한 지느러미를 달고
헤엄쳐 갈 데 없는 사람들이
불쌍하다고 생각하는 순간,
느닷없이
북어들이 커다랗게 입을 벌리고
거봐, 너도 북어지 너도 북어지 너도 북어지
귀가 먹먹하도록 부르짖고 있었다.

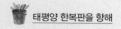

여기 꼬챙이에 꿰인 북어 무리가 당신을 바라보고 있습니다. 어둑어둑한 식료품 가게에 걸린 한 쾌의 북어가 퀭한 눈으로 당신의 발걸음을 주시합니다. 지금 어디를 향해 가고 있나요? 만약 다른 모두가 가는 곳을, 아무런 의식 없이 따라가고 있다면 당신 역시 북어 무리 중 하나일지 모릅니다.

"밤의 식료품 가게"는 각박하고 어두운 현실을 나타냅니다. 자본주의 사회에서 우리는 어쩌면 식료품 가게에 진열되기 위해, 또 더 비싼 값에 팔려 나가기 위해 몸부림치는지도 모릅니다. 그 속에서 모든 노력들은 "나란히 꼬챙이에 꿰어져" 진열되려는 시도일지 모릅니다.

시인은 고백합니다. "나는 죽음이 꿰뚫은 대가리를 말한 셈"이라고, "나는 말의 변비증을 앓는 사람들", 그러니까 말을 제대로 하지도 못하고 끙끙대는 "무덤 속의 벙어리를 말한 셈"이라고. 바로 그런 이들이 북어 대가리라고!

이쯤 되면 슬그머니 궁금해집니다. 과연 북어들은 누구일까요? 물론 시가 쓰여진 시대의 흐름에 따라 그 대상을 겨냥할 수도 있

을 것입니다. 하지만 시는 다름 아닌 바로 '지금, 여기'에서 오늘을
사는 사람에게 던지는 질문입니다.

물고기의 세상은 어디일까요? 맞습니다. 바로 물속이지요. 북
어의 세계는 바다입니다. 그런데 북어는 드넓은 바다를 잊은 채
식료품 가게에 들어앉아 있는 것입니다. 무엇을 위해서일까요? 낚
시꾼의 떡밥 때문일 수도, 어부들의 그물 때문일 수도 있겠지요.

그렇다면 여러분의 세상은, 여러분의 꿈이 닿는 지점은 어디일
까요? 그렇습니다. 오대양을 가로지르는 바다보다 더 넓고 거대한
세계지요. 작은 미끼에, 시야를 가린 그물에 자신의 꿈을 제한하지
마세요. 지금은 비록 집과 학교를 오가기에 답답할 수 있지만, 가
슴에는 "싱싱한 지느러미"가 있잖아요?

그것은 거대한 아가미가 될 수도 있고, 커다란 날개도 될 수 있
을 거예요. 지금은 "헤엄쳐 갈 데 없는 사람들"을 "불쌍하다고 생
각"할 필요가 없습니다. 등에 숨겨진 그 날개를 씰룩거리며 태평
양을 가로지를 궁리를 할 때지요. 공부의 깊이도, 생각의 둘레도
태평양 이상으로 깊고 넓어야 할 때입니다. 단순히 일등 하기 위

한 공부, 100점 맞기 위한 학습이 아닌, 바다에서도 헤엄칠 수 있는 준비를 해야 합니다.

작디작은 친구들과의 다툼이나, 소소한 경쟁에 너무 에너지를 소비할 필요가 없겠지요. 다만 더불어 웃으며 앞으로 내가 가야 할 길을 묵묵히 떠올려 보세요.

세상의 수많은 "북어들이 커다랗게 입을 벌리고/ 거봐, 너도 북어지 너도 북어지 너도 북어지/ 귀가 먹먹하도록 부르짖고" 있는 것은 아랑곳하지 말고, 태평양 한복판을 향해 꿋꿋하게 헤엄쳐 가는 것입니다. 다른 이에게 "너도 북어지 너도 북어지" 하고 부르짖을 필요도 없습니다. 우리의 시선은 저 하늘과 바다에 있으니까요. 그저 우리가 가야 할 길을 잘 헤엄쳐 나가면 될 일입니다.

지금 외롭고 힘들다면, 그래서 지친다면, 아주 잘하고 있는 거예요. 그렇게 낮아지고 비워지는 만큼 구름과 해초를 가득 채울 수 있을 테니까요.

당신은 이미 푸른 물고기입니다. 파래서, 너무 파래서 바다도 하얀, 푸른 곤!

담쟁이

_도종환

저것은 벽
어쩔 수 없는 벽이라고 우리가 느낄 때
그때
담쟁이는 말없이 그 벽을 오른다
물 한방울 없고 씨앗 한톨 살아남을 수 없는
저것은 절망의 벽이라고 말할 때
담쟁이는 서두르지 않고 앞으로 나아간다
한 뼘이라도 꼭 여럿이 함께 손을 잡고 올라간다
푸르게 절망을 다 덮을 때까지
바로 그 절망을 잡고 놓지 않는다
저것은 넘을 수 없는 벽이라고 고개를 떨구고 있을 때
담쟁이 잎 하나는 담쟁이 수천 개를 이끌고
결국 그 벽을 넘는다.

도저히 넘을 수 없는 벽이 눈앞에 있다고 느껴
질 때가 있습니다. 지금껏 잘해 왔지만, 이것만은 나도 어쩔 수 없
다 싶어 주저앉고 싶을 때가 있지요. 엉엉 울고 싶기도 하고, 누군
가에게 떼를 쓰고 싶기도 합니다.

하지만 "저것은 벽/ 어쩔 수 없는 벽이라고 우리가 느낄 때/ 그
때/ 담쟁이는 말없이 그 벽을" 오르기 시작합니다. "물 한방울 없고
씨앗 한톨 살아남을 수 없는/ 저것은 절망의 벽이라고 말할 때/ 담
쟁이는 서두르지 않고 앞으로" 나아갑니다. 높으면 높을수록 더 멋
들어지게 타고 넘습니다. 여러분이 바로 그런 담쟁이랍니다.

저 역시 시인의 꿈을 품고, 공부를 해야겠다고 마음을 먹었을
때 앞이 막막했어요. 고등학교 1학년 때였는데 끝에서 1, 2등을 다
투던 시기였거든요. 벌써 시인이 된 것인 양 세상과 사물을 삐딱하
게 보면서 학교라는 제도에 회의를 느낀 부작용도 따랐지요.

담임 선생님은 제가 장래 희망란에 '시인'이라고 적어 내자 피
식 웃으셨어요. 저마다 의사, 교사, 공무원 등을 써낸 반 친구들도
제가 적어 낸 것을 보고 다들 배를 잡고 깔깔거렸지요.

선생님은 네가 정말 시인이 되고 싶으면 공부를 해야 한다고 하셨어요. 처음엔 흘려들었는데 시인이 되자고 마음먹으니 정말 공부를 해야겠더군요. 국어와 문학도 잘 알아야 하고, 멋진 시인들이 강의하는 대학 수업도 듣고, 다양한 세계를 깊이 있게 접하려면 말이지요.

고1 때 전교 760여 명 중에서 740여 등을 고수하던 저였기에 국어 외의 과목은 정말 쥐약이었어요. 딴 나라말인 영어는 말할 것도 없었고, 수학이나 과학은 아예 외계인의 기호 같았지요. 하지만 거대한 벽 앞에 주저앉기보다 기어오르는 것을 택했어요.

그렇게 고3이 되어 전교 100등에 턱걸이했을 때, 기적처럼 100등까지만 들어갈 수 있는 야간자율학습 우등반에 들어가게 되었지요.

처음 야간자율학습을 했을 때, 공교롭게도 1학년 때 담임 선생님이 감독을 하고 계셨어요. 어떤 일이 벌어진 줄 아세요? 선생님께서 절 쫓아내려고 하셨답니다. 왜 네가 이런 곳에 오냐고, 누구에게 장난치러 온 거냐고 화를 내시면서요. 저는 당당하게 성적표를 내밀었지요. 그때 깜짝 놀란 선생님의 표정을 아직도 잊을 수가 없어요.

여러분이 담쟁이인 까닭은 바로 꿈을 먹고 자라기 때문이에요. 꿈이 있다면, 희망이 있다면 어디든 기어오르지 못할 곳은 없으니까요. 그것이 함께 꾸는 꿈이라면, 그래서 "한 뼘이라도 꼭 여럿이 함께 손을 잡고" 올라간다면 더 말할 것도 없지요.

그것은 "푸르게 절망을 다 덮을 때까지/ 바로 그 절망을 잡고 놓지 않는"답니다. 그 꿈을, 그 희망을 놓지만 않는다면 우리는 언제든 다시금 벽을 타고 넘을 수 있어요. 하지만 진즉 그 벽에 겁을 먹고 포기한다면 더는 아무 것도 할 수 없습니다.

자, 이제 택할 때예요. 담쟁이임에도 불구하고, 그 누군가처럼 벽 앞에서 굳을지, 아니면 "담쟁이 수천 개를 이끌고/ 결국 그 벽을 넘는" 최초의 "담쟁이 잎 하나"가 될지.

잊지 마세요. 지금 여러분은 앉은뱅이 꽃이 아닌,

담쟁이라는 것을요.

화살

_고은

우리 모두 화살이 되어
온몸으로 가자
허공 뚫고
온몸으로 가자
가서는 돌아오지 말자
박혀서
박힌 아픔과 함께 썩어서 돌아오지 말자

우리 모두 숨 끊고 활시위를 떠나자
몇 십 년 동안 가진 것
몇 십 년 동안 누린 것
몇 십 년 동안 쌓은 것
그런 것 다 넝마로 버리고
화살이 되어 온몸으로 가자

허공이 소리친다
허공 뚫고
온몸으로 가자
저 캄캄한 대낮 과녁이 달려온다
이윽고 과녁이 피 뿜으며 쓰러질 때
단 한 번
우리 모두 화살로 피를 흘리자

돌아오지 말자
돌아오지 말자

오, 화살

'올인all in'이라는 말 알지요? 내가 가진 전
부를 걸고, 한 가지에 전력을 쏟는 것 말이에요. 도박에선 그것이
한없이 위험하고 공허한 행위지만, 우리네 삶에선 한 번쯤 해볼
만한 도전이기도 하지요.

고은 시인은 "우리 모두 화살이 되어/ 온몸으로 가자"고 합니
다. 그것도 "허공 뚫고/ 온몸으로 가자"고요. "가서는 돌아오지 말
자"고 합니다. "박혀서/ 박힌 아픔과 함께 썩어서 돌아오지 말자"
고까지 외칩니다.

무언가에 '올인'을 하자는 것은 알겠는데, 그 무언가에 자신이
가진 전부를 걸자는 것은 알겠는데, 그 무언가가 제법 쓰라린 대
상인가 봅니다. '올인'을 제대로 하면, 보상이 있기보다는 "함께 썩
어서 돌아오지" 않을 수도 있음을 이야기하고 있으니까요. 화살이
란 게 그렇지요. 과녁에 꽂히면 사수에겐 좋지만, 온몸을 던진 화
살은 그대로 피를 흘리는 대상과 함께 썩어 문드러져야 할지도 모
릅니다.

아니나 다를까, 시인은 아예 "우리 모두 숨 끊고 활시위를 떠나

자"고 합니다. 심지어 "몇 십 년 동안 가진 것/ 몇 십 년 동안 누린 것/ 몇 십 년 동안 쌓은 것/ 그런 것 다 넝마로 버리고/ 화살이 되어 온몸으로 가자"고 합니다.

진즉 죽은 셈 치고, 전부를 다해 싸우자는 말이지요. 하지만 "저 캄캄한 대낮"에 외려 "과녁이 달려"옵니다. 우리들, 화살을 몽땅 집어삼키려는 듯이 말이에요. 역설적인 표현이지요? "캄캄한 대낮"이라니요. 그만큼 낮도 낮이 아닌, 어두운 시기라는 뜻입니다.

"이윽고 과녁이 피 뿜으며 쓰러질 때"까지, "단 한 번/ 우리 모두 화살로 피를 흘리자"는 절규를 들어 보세요. 가장 어두운 때가 새벽에 가깝다고 하잖아요. "새벽길"에서 시인은 스스로 화살촉이 되어 온몸을 던집니다.

전 시대 사람들의 희생 덕분에, 우리는, 그래서 더 거침없이, 그래서 마음 놓고, 자신의 꿈을 향해 미진할 수 있게 되었습니다. 그러니 이제 피 대신 많은 땀을 쏟으면 꿈을 이룰 수 있을 것 같습니다. 한 번쯤은 자신만의 과녁을 찾아 돌아올 생각 없이 온몸을 던져 보는 것도 나쁘지 않을 거예요.

그렇다면 더 멀리, 더 높은 곳을 향해, 전심으로 날아가 보면 어떨까요?

한번 그 길을 선택했다면, 다시 돌아오지 않을 생각으로 크고도 클, 그래서 더 좁디좁을 바늘구멍을 향해서 젖 먹던 힘까지 끌어당겨 쏘아 올릴 일이에요.

그것도, 국가 대표급으로 말이지요.

바다와 나비

_김기림

아무도 그에게 수심水深을 일러준 일이 없기에
흰나비는 도무지 바다가 무섭지 않다

청靑무우 밭인가 해서 내려갔다가는
어린 날개가 물결에 절어서
공주처럼 지쳐서 돌아온다

삼월三月달 바다가 꽃이 피지 않아서 서글픈
나비 허리에 새파란 초생달이 시리다

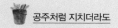

실패한다는 것은 언제나 두려운 일입니다. 시험을 칠 때도 그렇고, 새로운 목표를 가지고 도전할 때도 마찬가지지요. 그것을 위해 흘린 땀이 많으면 많을수록 좌절감은 더 큽니다. 이게 내 길이 아닌가 싶기도 하고, 나는 이 정도밖에 안 되나 하는 생각에 자신감이 떨어지기도 합니다.

1930년대의 모더니즘을 대표하는 시인이자 지식인이었던 김기림 또한 청운의 꿈을 품고 일본 유학을 떠나지만 머지않아 지친 몸을 이끌고 돌아옵니다. 모더니즘이란, 말 그대로 '모던modern', 즉 근대적인 감각을 나타내는 예술의 여러 경향을 말합니다. 1930년대 한국 모더니즘 시는 회화적인 감각과 문명 비판적인 성격을 보여주었죠.

그래서인지 이 시에서도 "흰나비"와 "새파란 초생달" 등 흰색과 청색이 담긴 시어의 대비가 두드러집니다. 또한 "바다"라는 상징을 통해 문명을 직접 겨냥하기도 합니다. 당시에는 바다를 건너야만 새로운 문물을 받아들일 수 있었기 때문이지요.

당대 조선의 지식인들은 세계의 신문명이 속속들이 모여드는 도

쿄에서 공부하며 조국의 독립과 개화를 열망했습니다. 그런데 문명의 역사는 아이러니하게도 파괴의 역사이기도 하였습니다. 사람들에게 편리를 제공했지만 각종 부작용도 일으켰으니까요. 일본은 메이지유신을 통해 서양의 문명을 적극적으로 받아들였지만, 무분별한 개발과 함께 끔찍한 전쟁도 계속 일으켰습니다.

일본 도호쿠제국대학東北帝国大学에서 영문학을 공부했던 시인은 1939년에 졸업하고 귀국해서 이 시를 발표하지요.

이 시에서 "흰나비"는 한없이 순수했던 자신을 나타냅니다. "아무도 그에게 수심을 일러준 일이 없기에/ 흰나비는 도무지 바다가 무섭지 않"았습니다. 한 마디로 '겁도 없이' 현해탄을 건넜던 것이지요. 잔뜩 꿈을 가지고 "청무우 밭인가 해서 내려갔다가" 시인은 깜짝 놀라게 됩니다. 생각보다 일본은, 그리고 신문명은 만만치 않았나 봅니다. "어린 날개가 물결에 절어서/ 공주처럼 지쳐서 돌아"오고 말았으니까요. 그곳에 가면 무언가 다른 게 있을 줄만 알았는데, 정작 가 보니 별 볼 일 없었던 것이지요. 식민지 지식인으로선 더 비참한 기분이 들었을지도 모르겠습니다.

바다는 한없이 깊고 냉혹합니다. "청무우 밭"이었다면 꽃이 필 텐데, "꽃이 피지 않아서 서글"프기만 합니다. 일본이 보여 준 신문명의 참모습은 아름다운 무밭이 아닌 생명을 집어삼키는 늪이었던 셈이지요.

여린 "나비 허리"는 "새파란 초생달"이 시리고 또 시립니다. 파란 달을 보니 다시 바다가 생각나지만, 이미 푸른 무밭이 아님을 알고 나니 생각할수록 마음이 아픕니다. 차라리 몰랐으면 꿈이라도 꾸는데, 너무 많은 걸 알고 나니 다시 꿈을 꿀 자신도 사라집니다.

하지만 여러분이 볼 때 어떤가요? "흰 나비"는 지금 깊은 바닷속을 보았습니다. 심연을 가르는 고래는 아니지만 여린 나비의 몸으로 벌써 그것을 해낸 셈이지요. 마찬가지로 그 깊은 곳에서 어둡고 처절한 현실을 똑바로 목격하였습니다. 대부분의 사람들은 "청무우 밭"인가 하여 환상을 가지고 있는 그곳을요.

영화 〈매트릭스〉를 보면 모피어스가 주인공 앤더슨에게 빨간 약과 파란 약을 내미는 장면이 나옵니다. 빨간 약을 먹으면 꿈에서 깨어 혹독한 현실을 똑바로 볼 수 있고, 파란 약을 먹으면 계속 꿈속의 세계에서 안락하게 살아갈 수 있습니다. 갈등하던 앤더슨은 용기 있게 빨간 약을 선택하고 꿈에서 깨어납니다. 진짜 싸움은 바로 거기서 시작입니다.

김기림 시인은 하얀 약과 파란 약 중에 하얀 약을 택한 셈입니다. 그래서 시리고 또 시린 거예요.

여러분은 어떻습니까? 실패해서 아픈가요? 현실이 너무도 시린가요? 좌절감이 앞서나요? 그렇다면 축하드립니다. 여러분은 비로소 빨간 약을 택한 것이니까요. 그래서 후유증이 더 클 테니까요. 적들의 공격 또한 한층 거세질 테니까요. 축하하고, 또 축하합니다.

나비는 애벌레에서 성충이 되면서 변신했을 뿐만 아니라, 바다에 빠졌다가 살아났을 때 한 번 더 변신했던 것이로군요.

나비가 아니라 전사라고 할까요? 이제 나비는 어떤 영역에도 얽매이지 않고, 모든 지대를 가로지르며 '나비처럼 날아서 벌처럼 쏠' 수 있을 테니까요.

어서 변신해서 흰 바다를 멋지게 건너 보세요.

당신만이 할 수 있답니다.

시인은 모름지기

_김남주

공원이나 학교나 교회
도시의 네거리 같은 데서
흔해빠진 것이 동상이다
역사를 배우기 시작하고 나 이날이때까지
왕이라든가 순교자라든가 선비라든가
또 무슨무슨 장군이라든가 하는 것들의
수염 앞에서
칼 앞에서
책 앞에서
가던 길 멈추고 눈을 내리깐 적 없고
고개 들어 우러러본 적 없다
그들이 잘나고 못나고 해서가 아니다
내가 오만해서도 아니다
시인은 그 따위 권위 앞에서
머리를 수그린다거나 허리를 굽혀서는 안되는 것이다.

모름지기 시인이 다소곳해야 할 것은
삶인 것이다
파란만장한 삶
산전수전 다 겪고
이제는 돌아와 마을 어귀 같은 데에
늙은 상수리나무로 서 있는
주름살과 상처자국투성이의 기구한 삶 앞에서
다소곳하게 서서 귀를 기울여야 하는 것이다
그것이 비록 도둑놈의 삶일지라도
그것이 비록 패배한 전사의 삶일지라도

역사를 공부하다 보면 참 많은 생각이 듭니다. 꼭 닮고 싶은 위인도 있지만, 한편으로는 저렇게 되지는 말아야지 싶은 사람도 있지요. 책에서만 그런 것이 아니라 거리를 지나다 보면 다양한 역사 인물들을 동상으로 만날 수도 있습니다.

물론 대부분 큰 업적이 있기 때문에 그 자리에 서 있겠지요. 우리도 언젠가는 자신의 이름을 딴 조형물이나 거리 하나쯤은 생기지 않겠어요? 하지만 어떤 시대에는 권력자들이 시민들에게 사상을 강요하기 위해 만든 우상들도 있어요.

한평생 민주주의를 위해 "전사의 삶"을 살았던 김남주 시인은 그런 "흔해빠진 것"에 일일이 "가던 길 멈추고 눈을 내리깐 적"이 없다고 합니다. "그들이 잘나고 못나고 해서가 아니"고 자신은 "모름지기 시인"이기 때문이지요.

시인은 사물을 있는 그대로 바라보는 이예요. 어떤 이념이나 권력에 편승하지 않고, 그 어떤 압력과 자본에도 휩쓸리지 않는 그저 하나의 인간에 불과하지요. 시인이 다만 "다소곳해야 할 것은/ 삶인 것"이에요.

"파란만장한 삶" 그 자체에, "늙은 상수리나무" 같은 "주름살과 상처자국투성이의 기구한 삶 앞에"서야 비로소 "다소곳하게 서서 귀를 기울여야 하는 것"이지요.

그렇게 생각하면 정작 우리가 고개 숙여야 할 대상은 동상들이 아니라 우리네 할머니, 할아버지, 그리고 엄마, 아빠인지도 몰라요. 그분들이야말로 최선을 다해 온 삶을 살면서, 투쟁하듯 "산전수전 다 겪고" 있기 때문이지요.

꼭 시인이 되지 않더라도 한 번쯤은 시인의 눈으로 세상을 볼 필요가 있어요. 시인의 눈으로 세상을 보면, 좌와 우, 동과 서, 흑과 백, 선과 악 같은 굴레가 벗겨지고 다만 하나의 인간과 그의 생애만 보여요.

수많은 사상과 권위가 가지각색의 가면을 쓰고 사람들을 현혹하고 그럴듯한 복색을 갖추고 민중들에게 알력을 행사할 때, 시인은 마냥 멋스럽기만 한 그 이미지 앞에서 고개를 저으며 가면을 벗기려 하지요.

그건 아이처럼 순수한 눈을 가지고 한 인간 대 한 인간으로, 있는 그대로 서로와 마주하고 싶기 때문이에요. 하지만 어떤 이들은 그런 '결백한 몸짓'을 반항이나 도발로 간주하여 감옥에 가두기도 했지요.

김남주 시인 또한 오랫동안 감옥살이를 하다가 겨우 풀려났지만, 끝내 병마를 이기지 못하고 49세의 이른 나이로 세상을 떴습니다. 그렇게 삶과 싸우던 시인은 감옥에서도 우유갑에 철필로 몰래 시를 써서 세상에 내보냈다고 합니다. 어떤가요, 시의 한 구절, 한 구절이 다르게 느껴지지 않나요?

시인은 모름지기 "그것이 비록 도둑놈의 삶일지라도/ 그것이 비록 패배한 전사의 삶일지라도" 가만히 귀를 기울이는 사람입니다. 거리의 부랑자에게서 진실을 보고, 패자의 등에서 위대함을 발견하는 사람이지요.

그래서 시인에게는 높은 곳에 우뚝 선 동상들이 그리 달갑지 않게 보일지도 몰라요. 그 자리에 서 있다는 것은, 이미 이긴 자들의 역사 속에서, 위정자들의 사심을 등에 업고 우상이 되었다는 이야기니까요.

우리가 더 열심히 공부해야 하는 까닭은 다름 아닌 시인의 눈을 갖기 위해서인지도 몰라요. 비판적인 관점을 가지고 책을 한 장, 한 장 넘기다 보면 그동안 겹겹이 쌓였던 눈꺼풀이 하나씩 벗겨질 거예요.

그러니 한 번쯤은 시인이 되기로 해요.

곧 보일 테니까요.

거리를 지나는 모든 사람들이 위인이라는 것이!

머슴 대길이

_고은

새터 관전이네 머슴 대길이는
상머슴으로
누룩도야지 한 마리 번쩍 들어
도야지 우리에 넘겼지요
그야말로 도야지 멱따는 소리까지도 후딱 넘겼지요
밥때 늦어도 투덜댈 줄 통 모르고
이른 아침 동네 길 이슬도 털고 잘도 치워 훤히 가리마 났지요
그러나 낮보다 어둠에 빛나는 먹눈이었지요
머슴방 등잔불 아래
나는 대길이 아저씨한테 가갸거겨 배웠지요
그리하여 장화홍련전을 주룩주룩 비 오듯 읽었지요
어린아이 세상에 눈떴지요
일제 36년 지나간 뒤 가갸거겨 아는 놈은 나밖에 없었지요

대길이 아저씨더러는
주인도 동네 어른도 함부로 대하지 않았지요

살구꽃 핀 마을 뒷산에 올라가서

홑적삼 처녀 따위에는 눈요기도 안 하고

지게작대기 뉘어 놓고 먼 데 바다를 바라보았지요

나도 따라 바라보았지요

우르르르 달려가는 바다 울음소리 들었지요

찬 겨울 눈더미 가운데서도

덜렁 겨드랑이에 바람 잘도 드나들었지요

그가 말했지요

사람이 너무 호강하면 저밖에 모른단다

남하고 사는 세상인데

대길이 아저씨

그는 나에게 불빛이었지요

자다 깨어도 그대로 켜져서 밤새우는 불빛이었지요

농사지으랴 마당 쓸랴 온갖 허드렛일을 하는 머슴은 참 힘들 거예요. 잡일뿐만 아니라, 열매 따는 일, 감자 캐는 일, 씨 뿌리는 일 등 하지 않는 일이 없지요. 주인집과 논밭에서 일하다 보면 해종일 땀에 절어 지내야 하구요. 지금이야 기계가 대신해 주는 경우도 많지만, 이때는 아직 신분제가 남아 있던 "일제 36년" 시절이니까요.

저는 어렸을 때 할머니 농사일을 도와 알곡을 수확한 적이 있어요. 일하다가 너무 힘들어서 빨리 해치우려고 기계적으로 손을 놀렸지요. 그런데 이상하게도 속도를 낼수록 실수가 많아지고, 힘도 두세 배는 더 들지 뭐예요. 할머니에게 핀잔도 들었고요. 반대로 천천히, 정성을 다해 거둘수록 알곡이 차곡차곡 쌓였고, 보람은 더 커졌지요. 이 경험을 하고 나니 앞으로는 무엇이든 대충대충 하지 말고 꼼꼼하게, 정성껏 해야겠다는 생각이 들었어요.

이 시의 화자는 꾀부릴 줄 모르고 꿋꿋하게 제 일을 해내는 "머슴 대길이"에게 존경심을 가지고 있어요. 마을 사람들도 "누룩도야지 한 마리 번쩍 들어/ 도야지 우리에 넘"길 정도로 힘이 세고, "밥

때 늦어도 투덜댈 줄 통 모"를 정도로 착하고, "이른 아침 동네 길 이슬도 털고 잘도 치워 훤히 가리마"를 낼 정도로 성실한 대길이 아저씨를 "함부로 대하지 않"고 존중하지요. 이것은 꼭 그의 힘이 세고, 성실해서만은 아닐 거예요.

거기에 "나는 대길이 아저씨한테 가갸거겨"까지 배웁니다. 머슴 일 하느라 몸이 열 개여도 모자랄 시간에 동네 꼬마인 나에게 글공부까지 시켜 주다니요.

"낮보다 어둠에 빛나는 먹눈"이라는 표현이 인상적이지요? "먹눈"은 먹처럼 검은 눈을 뜻해요. 검고 반짝반짝한 아저씨의 눈빛에서 깊은 마음과 언제든 깨어 있는 자세가 느껴지지 않나요? 아마도 "어둠"의 시대였기 때문에 더욱 그럴 거예요.

게다가 "홑적삼"을 입은 마을 퀸카인 "처녀"에게는 관심도 없고, "먼 데 바다를 바라보"며 시대와 세상을 걱정하는 아저씨의 모습에서 왠지 모를 묵직한 울림이 전해집니다. 대길이 아저씨는 품성도 좋고 세상을 바라보는 시야도 넓어요. 그러니 신분을 떠나서 "어린아이"에게나 "동네 어른"에게나 분명 우상이고 정신적 지주였을 거예요. 세상을 살아가는 데에 필요한 진짜 힘이 무엇인지도 아주 잘 알고 있었겠지요.

여러분도 대길이 아저씨처럼 "먹눈"을 가졌으면 좋겠어요. 상황이 어려워도 아랑곳 않고, "먼 데 바다"를 바라보며 사람들에게 "가갸거겨"를 가르치고, 어둠 속에서도 빛을 뿌리는 "밤새우는 불빛"이 되었으면 해요. 한 걸음 더 나아가 각박하고 어두운 세상에서 누군가에게 불빛 같은 사람이 되면 더 좋고요.

오늘날 21세기는 근대에 비해서 과학적·사회적으로 굉장히 발달한 사회라고들 하지요. 그렇지만 요즘 세상의 여러 가지 이면을 들여다보면 옛날보다 더 참담한 모습도 눈에 많이 뜨여요. 그런데도 요즘 사람들은 이미 그런 시대상에 무감각해져서, 잘못된 것을 보아도 그러려니 하고 넘어갈 뿐이에요. 이제 우리도 "대길이 아저씨"의 말마따나 "사람이 너무 호강하면 저밖에 모"르니, "남하고 사는 세상"임을 거듭 인식하고 돌아보아야 할 것 같아요. "자다 깨어도 그대로 켜져서 밤새우는 불빛"처럼 말이에요.

그런 불빛이 된다면, 아무리 외롭고 힘들어도 충분히 보람이 있겠지요? 저는 여러분이 주위 사람들에게 "장화홍련전"보다 더 큰 세계를 이해할 수 있게 도와 주는 사람이 되기를 바라요. 그날을 기다리며 여러분들은 자신만의 "가가거겨"를 부단히 갈고닦을 일이에요.

　이 시대는 여러분을 기다리고 있답니다.

외로움이란 녀석도 일상에서 느끼는 자연스러운 감정입니다.

그러니 너무 신경 쓰지 않아도 좋아요.

날 이해하지 못하는 것 같은 부모님도,

날 알아주지 않는 것 같은 선생님과 친구들도 지금 모두

"외로움을 견디"고 있는 중이니까요.

이룰 수 없는
사랑을 하는 날

아들에게

_문정희

아들아
너와 나 사이에는
신이 한 분 살고 계시나보다.

왜 나는 너를 부를 때마다
이토록 간절해지는 것이며
네 뒷모습에 대고
언제나 기도를 하는 것일까?

네가 어렸을 땐
우리 사이에 다만
아주 조그맣고 어리신 신이 계셔서

사랑 한 알에도
우주가 녹아들곤 했는데

이제 쳐다보기만 해도
훌쩍 큰 키의 젊은 사랑아

너와 나 사이에는
무슨 신이 한 분 살고 계셔서
이렇게 긴 강물이 끝도 없이 흐를까?

커 갈수록 더 멀어지는 사람이 바로 부모님이
아닌가 싶어요. 친구들과 어울리다 보면 부모님이 하시는 말씀이 귀
에 잘 들어오지 않을 때도 많고요. 부모님들은 자식들을 위해 일하
시느라 항상 바쁘고, 그러다 보면 대화할 시간도 부족해지니까요. 어
색한 건 부모님도 마찬가지일 거예요. 늘 아이인 줄만 알았던 녀석
이 어느새 훌쩍 커서는 방문을 꼭 잠그고 나오질 않으니 말이에요.

이 시의 화자는 아들에게 "너와 나 사이에는/ 신이 한 분 살고
계시나보다"라고 이야기하고 있어요. 부모와 자식 사이가 아무리
멀어도 "신이 한 분 살고 계시"다면 든든하겠지요? 중요한 건, 부모
님은 자식을 위해 "부를 때마다/ 이토록 간절해"질 만큼 자식들의
"뒷모습에 대고/ 언제나 기도"를 한다는 사실이에요.

아버지에게는 딸이, 어머니에게는 아들이 첫사랑이라는 이야기
도 있지요. 그래서 부모님들은 아들, 딸의 한 마디에 가슴 졸이고
'이 애가 무슨 고민이 있을까, 어디 아픈 데는 없나' 하며 수시로
묻고 채근할 수밖에 없어요. "사랑 한 알에도/ 우주가 녹아들" 만큼
여러분에게 푹 빠져 있기 때문입니다.

그뿐인가요? 어느새 훌쩍 커 버린 자식들을 보며 "이제 쳐다보기만 해도/ 훌쩍 큰 키의 젊은 사랑"을 느끼지요. 그래서 아버지는 딸이 결혼하면 서운해하고, 어머니는 아들과 데이트하면서 설레는 것입니다. 부모에게는 자식이 전부니까요. 그리고 그 사랑은 "너와 나 사이에는/ 무슨 신이 한 분 살고 계셔서/ 이렇게 긴 강물이 끝도 없이 흐를까?" 싶을 정도로 깊고 풍요로워요. 인간에 대한 신의 사랑, 즉 '아가페' 같은 마음이라고도 할 수 있어요. 그래서 화자는 되묻는 거예요. 우리 사이에는 "무슨 신이 한 분 살고" 계실까 하고요.

여러분이 보면 한없이 길고 지루한 이 세상도, 부모님이 볼 땐 잠깐이에요. 부모님은 우리가 좀 더 깊은 시선을 가지고 살아가길 바랍니다. "무슨 신"처럼, 세계를 포용하고 더 거룩하게 살아 주었으면 하는 것이지요. 하지만 우리들은 그런 부모님의 조언을 귀찮게 여길 때도 많아요.

혹 그런 적 없었나요? 어머니가 하는 말씀이 그저 잔소리로만 느껴질 때. 그때는 이렇게 생각해 보면 어떨까 싶어요. 그 어떤 사랑보다 큰 어머니의 관심과 조바심이 '잔소리'로 나타나는 것이라고요. 그리고 사랑은 정말 신기한 힘을 가지고 있다는 걸 잊지 마세요. "이토록 간절"한데 어찌 신이 우리를 돕지 않을 수 있을까요? 우리가 힘겹게 느끼며 고민하고 아파하는 것들도, 어머니의 간절한 기도 속에서 서서히 녹아 없어질 때가 많을 거예요.

이 시에서 어머니는 자식을 "훌쩍 큰 키의" 독립적인 존재로 인정하고 있어요. 그리고 "젊은 사랑아"라고 노래하며 이 길고도 짧은 인생을 자식과 친구처럼, 연인처럼 지내길 바라는 마음을 비추지요. 아마 우리네 부모님들은 자녀가 먼저 다가와 주기를 기다리고 있을 거예요.

우리도 언젠간 부모님이 되어 소주잔 기울이며 한숨 쉬는 날이 올지도 몰라요. 자식들에게 잔소리 쏟아 내며 애꿎은 빨랫감을 쥐어짤지도 모르지요. 그러니 오늘은 '사랑이 듬뿍 담긴 우주'를 물려준 부모님께 먼저 손을 내밀어 보면 어떨까요?

중요한 건 내 안에 깃든 사랑이에요. 표현하지 않으면 사랑이 아니라는 말, 들어 본 적 있지요?

지금 당장, 머뭇거리지 말고, 어서요!

첫사랑

_박남철

고등학교 다닐 때
버스 안에서 늘 새침하던
어떻게든 사귀고 싶었던
포항여고 그 계집애
어느 날 누이동생이
그저 철없는 표정으로
내 일기장 속에서도 늘 새침하던
계집애의 심각한 편지를
가져 왔다.

그날 밤 달은 뜨고
그 탱자나무 울타리 옆 빈터
그 빈터엔 정말 계집애가
교복 차림으로 검은 운동화로
작은 그림자를 밟고 여우처럼
꿈처럼 서 있었다 나를

허연 달빛 아래서
기다리고 있었다.

그날 밤 얻어맞았다
그 탱자나무 울타리 옆 빈터
그 빈터에서 정말 계집애는
죽도록 얻어맞았다 처음엔
눈만 동그랗게 뜨면서 나중엔
눈물도 안 흘리고 왜
때리느냐고 묻지도 않고
그냥 달빛 아래서 죽도록
얻어맞았다.

그날 밤 달은 지고
그 또 다른 허연 분노가
면도칼로 책상 모서리를

나를 함부로 깎으면서
나는 왜 나인가
나는 왜 나인가
나는 자꾸 책상 모서리를
눈물을 흘리며 책상 모서리를
깎아댔다.

누구에게나 첫사랑이 있습니다. 하다못해 초등학교 때 몰래 했던 짝사랑일지라도, 그것이 처음 마음이었다면 그만큼 애틋하고 또 잊히지 않지요. 하지만 그래서 그런 마음들이 더 당황스럽고 불편할 수도 있습니다. 처음 겪는 감정의 변화가 무엇인지 몰라 혼란스럽기도 할 테니까요.

이 시에서도 갈등은 동일합니다. "어떻게든 사귀고 싶었던/ 포항여고 그 계집애"가 "내 일기장 속에서도 늘 새침하던" 바로 그 계집애가 "심각한 편지"를 전해 왔을 때 소년의 마음은 정말 어땠을까요? 아마 세상을 다 얻은 것처럼 기쁘지 않았을까요?

약속한 장소로 나가 보니 "그 빈터엔 정말 계집애가/ 교복 차림으로 검은 운동화로/ 작은 그림자를 밟고 여우처럼/ 꿈처럼" 화자를 기다리고 있었습니다. 드라마의 한 장면을 보는 것 같네요. 여러분도 무언가에 씌어서 이성 친구를 바라본 적이 있을 겁니다.

하지만 "그 탱자나무 울타리 옆 빈터/ 그 빈터에서 정말 계집애는/ 죽도록 얻어"맞고 맙니다. 아마도 그 "심각한 편지"를 먼저 읽은 여자애의 부모님이 쫓아 나왔나 봅니다. 하라는 공부는 안 하고 몰래 '연애질'이나 하고 다니니 부모님 입장에서는 오죽했을까요?

잔뜩 기대에 부풀었던 만큼, 그 모습을 바라보아야 했던 소년의 실망도 컸으리라 짐작이 갑니다. 영화 속의 한 장면은 물 건너가 버렸으니까요. 하지만 소년은 여기서 그치지 않고 자신을 자책합니다.

"그날 밤 달은 지고/ 그 또 다른 허연 분노가" 막 치밀어 오릅니다. 그것을 주체하지 못해 소년은 "면도칼로 책상 모서리를/ 나를 함부로 깎으면서" 자신을 책망합니다. "나는 왜 나인가/ 나는 왜 나인가" 하면서 "자꾸 책상 모서리를/ 눈물을 흘리며 책상 모서리를/ 깎아" 댑니다.

아마도 단순히 이성을 사귀는 것 때문에 여자애 부모님이 반대한 게 아니라 '하필 나'여서 그랬을지도 모른다는 생각이 들었나 봅니다. 만약 소녀를 때린 이가 소년이었다면, 좋아하는 감정을 말도 안 되는 방식으로 드러낸 자신을 용서할 수 없었는지도 모릅니다. 왜 그런 행동을 했는지, 스스로도 이해할 수 없어 소년은 제 자신에게 두 배, 세 배로 상처를 준 것이지요.

이 시에서 소년은 '사춘기 청소년 모두'를 상징하는 것 같습니다. 부모님에게든 소녀에게든 자기 자신에게든 '주체를 알 수 없는 그 무엇'에게 거부당했다는 생각, 내쳐졌다는 자책이 소년의 자아상에 커다란 흠집을 낸 것이고, 그것을 이기지 못해 소년은 제 스스로에게 또 주변 사람에게 고슴도치처럼 상처를 준 것이 아닐까 싶어요.

사춘기란, '나'라는 존재가 한참 만들어지는 시기이기도 합니다. 그렇기 때문에 스스로를 다 알기도 어렵지요. 그런 상황에서 다른 사람을 좋아하고, 내 마음을 고백한다는 건 참 어려운 일입니다. 그래서 이 시기의 사랑은 안타깝게도 상처로 남는 경우가 많아요. 하지만 그렇기 때문에 더 쉽게 아물기도 합니다.

저도 그런 적이 있거든요. 단순히 좋아하는 여자애한테 차였을 뿐인데, 저 혼자 자신에게 해코지했어요. '그래, 너 같은 놈을 누가 좋아하겠냐?' 되뇌면서요. 하지만 그러면 상처가 덧난답니다. 금방 아물 작은 상처도, 내 자신이 크게 만드는 꼴이거든요.

첫사랑은 첫사랑이어서 더 아프고, 첫사랑이어서 더 아름답지요. 그저 있는 그대로 간직하고 또 그리워할 일이에요. 지금 하는 사랑은 여러분 자신에게는 인생 최고의 드라마로 남을 테니까요. 아마 평생 돌려 보고 또 돌려 봐도 싫증나지 않을 '완소 드라마'가 되겠지요.

그러니 첫사랑에게 먼저 고마워하고, 무엇보다 나 자신을 더 사랑할 일이에요. 가장 중요한 것은 자기 자신을 사랑하는 일이에요. 그래야 다른 사람에게도 더 큰 사랑을 나눠 줄 수 있고, 또 더 멋진 사랑을 할 수 있으니까요.

어머니 발톱을 깎으며

_유강희

햇빛도 뼛속까지 환한 봄날
마루에 앉아 어머니 발톱을 깎는다

아기처럼 좋아서
나에게 온전히 발을 맡기고 있는
이 낯선 짐승을 대체 무어라고 불러야 할 것인가

싸전다리 남부시장에서
천 원 주고 산 아이들 로봇 신발
구멍 난 그걸 아직도 신고 다니는
알처럼 쪼그라든 어머니의 작은 발,

그러나
짜개지고, 터지고, 뭉툭해지고, 굽은
발톱들이 너무도 가볍게
톡, 톡, 튀어 멀리 날아갈 때마다

나는 화가 난다
봄이라서 더욱 화가 난다

저 왱왱거리는 발톱으로
한평생 새끼들 입에 물어 날랐을
그 뜨건 밥알들 생각하면
그걸 철없이 받아 삼킨 날들 생각하면

언제부턴가 바쁜 생활 속에서 발톱을 깎는 횟수가 줄어든 것 같아요. 손톱은 길어지면 보기 싫으니까 마지못해 깎는다 해도, 발톱은 깎아야지 마음을 먹었다가도 이내 까먹기 일쑤지요. 제일 눈에 띄지 않는 곳에서 자라고 있어서 더 그런지도 모르겠어요. 그렇게 신경도 쓰지 않고 있다가 양말에 구멍이 나고, 운동화 신은 발끝이 뻐근해질 때가 되어서야 발톱을 깎아야겠다는 생각을 하지요.

그렇게 발톱을 깎고 있노라면 저는 온 가족이 모여서 두런두런 담소를 나누곤 했던 유년 시절이 생각나요. 신발 가게를 했던 아버지는 제 손톱보다 발톱에 예민했거든요. 조금이라도 발톱이 길면 아버지는 저를 앉혀 두고 발톱을 깎아 주셨어요. 어린 마음에도 꾀죄죄한 발을 내미는 게 부끄러웠지요. 하지만 아버지는 아랑곳하지 않고 허리를 둥글게 구부려 정성을 다해 제 발톱을 깎아 주셨어요. 그럴 때면 슬그머니 부끄러운 마음은 사라지고 아버지의 큰 사랑이 전해지는 것 같아 코끝이 찡해지기도 하였지요.

발톱을 깎기 위해선 먼저 하던 일을 멈추고 "마루에" 둥글게 앉아야 합니다. 그리고 해종일 뛰어다니느라 수고한 발을 어루만져야 하고요. 다음으로는 엄지부터 새끼까지 꼼꼼히 발톱을 깎고 다듬어야 하지요. 그렇게 눈 먼 곳에 있던 발톱을 깎고 다듬는 동안 공부하느라 잊었던 것들을 되새김질하게 됩니다. 발톱의 둥글둥글한 본새는 모든 걸 긍정하는 태도이기도 하지요.

　이 시에서 화자는 "햇빛도 뼛속까지 환한 봄날/ 마루에 앉아 어머니 발톱을 깎"고 있습니다. 그런 어머니의 모습을 "아기처럼 좋아서/ 나에게 온전히 발을 맡기고 있는/ 저 낯선 짐승"이라고 노래한 것으로 보아 어머니를 향한 화자의 시선에 애정과 안타까움이 묻어 있는 걸 느낄 수 있어요. 사람은 나이가 들수록 아이가 된다고 하잖아요? 그래서인지 "아이들 로봇 신발"을 신고 다니는 "알처럼 쪼그라든 어머니의 작은 발"을 보니 만감이 교차합니다. 발톱은 그 사람의 살아온 궤적이 담긴 손도장과도 같지요. 어머니의 "짜개지고, 터지고, 뭉툭해지고, 굽은/ 발톱들이 너무도 가볍게/ 톡, 톡, 튀어 멀리 날아"가 버리니 더더욱 속이 상해 "화"가 날 수밖에 없을 것입니다.

손발톱에는 혼이 담겼다고도 합니다. 여러분도 그것을 먹은 동물이 사람으로 분하고 나타났다는 전설을 한 번쯤은 들어 봤을 거예요. 그러니 발톱을 내민다는 것은 자신의 전부를 맡기겠다는 뜻이기도 하지요. 화자는 어렸을 때 자기가 어머니에게 작은 발을 내밀었을 거예요. 그런데 이제는 거꾸로 어머니가 아이처럼 발을 내밀어요. "저 왱왱거리는 발톱으로/ 한평생 새끼들 입에 물어 날랐을/ 그 뜨건 밥알들 생각하"니 화자는 마냥 가슴이 아려웁니다. 이제야 "그걸 철없이 받아 삼킨 날들"을 떠올리며 좀 더 어머니에게 잘해 드리지 못한 날들을 아쉬워하고 있습니다.

여러분은 등짝을 구부린 채 발톱 깎는 사람을 본 적이 있나요? 위에서 바라보면 그의 속눈썹과 목덜미와 둥글게 만 몸이 한눈에 들어오지요. 그 몸짓은 어찌 보면 엄마 배 속에서 작은 발길질을 하는 태아와도 같고, 갓난아이에게 모유를 물린 엄마의 끌어안음과도 같아요. 이 시의 "어머니"는 다 큰 자식의 둥근 몸짓을 보면서, 귀염둥이였던 아들의 모습을 떠올렸을 거예요.

오늘은 잠시 바쁜 일상을 멈추고 웅크리고 앉아 가만히 자신의 발톱을 깎아 보는 것은 어떨까요. 그리고 아빠, 엄마의 발톱도 깎아 드리는 것은 어떨까요. 처음에는 어색하고 민망한 기분이 들지도 모르지만 아빠, 엄마의 발톱을 깎다 보면 스스로가 더 대견스럽게 느껴질 거예요. 저 또한 이제 와서 아버지의 발톱을 깎아 드리려고 해 보았지만 너무 늦었더군요. 아버지의 발톱은 지나온 삶처럼 닳고 닳아 더 이상 깎아 드릴 것이 없었거든요.

지난 시간을 후회하는 것은 어리석은 일이지요. 그러니 얼른 아빠, 엄마에게 다가가세요.

더 늦기 전에, 세상에서 가장 둥그런 몸짓과 마음으로,

지금 당장이요!

물에게 길을 묻다3 —사람들

_천양희

    세상에서 가장 큰 즐거움은 사람으로 태어나는 것*이라고 누
가 말했었지요
    그래서 나는 사람으로 살기로 했지요
    날마다 살기 위해 일만 하고 살았지요
    일만 하고 사는 것이 쉽지는 않았지요
    일터는 오래 바람 잘 날 없고
    인파는 술렁이며 소용돌이쳤지요
    누가 목소리를 높이기라도 하면
    소리는 나에게까지 울렸지요
    일자리 바뀌고 삶은 또 솟구쳤지요
    그때 나는 지하 속 노숙자들을 생각했지요
    실직자들을 떠올리기도 했지요
    그러다 문득 길가의 취객들을 힐끗 보았지요
    어둠속에 웅크리고 추위에 떨고 있었지요
    누구의 생도 똑같지는 않았지요

---

* 《열자列子》의 〈천서편天瑞篇〉에서.

세상에서 가장 어려운 건 사람같이 사는 것이었지요
그때서야 어려운 것이 즐거울 수도 있다는 걸 겨우 알았지요
사람으로 산다는 것은 사람같이 산다는 것과 달랐지요
사람으로 살수록 삶은 더 붐볐지요
오늘도 나는 사람 속에서 아우성치지요
사람같이 살고 싶어, 살아가고 싶어

세상에서 가장 큰 즐거움은 무엇일까요. 비단 이것은 사람에게만 해당되는 질문은 아닐 거예요. 모든 사물과 생물, 그리고 자연에게 커다란 즐거움은 태어나고 사랑하고 또 순리에 따라 땅에 묻히는 게 아닌가 싶어요. 그런 의미에서 굳이 그 많은 생명붙이의 모습 중 사람으로 태어날 필요는 없어 보입니다.

그럼에도 불구하고 열자列子는 "세상에서 가장 큰 즐거움은 사람으로 태어나는 것"이라고 말했답니다. 열자가 노자의 제자임을 감안할 때 슬그머니 무위자연無爲自然이란 말이 떠오르네요. 어떤 인위적인 행동을 하지 않고 있는 그대로 살아가는 삶, 그런 삶을 살아갈 때 인간은 가장 아름다운 존재가 될 수 있을 것입니다.

하지만 오늘날 빌딩 숲이 늘어선 탁한 도시에서 무위자연이란 말은 배부른 소리가 되고 말았어요. "사람으로" 산다는 것, 사람답게 산다는 게 거꾸로 "살기 위해 일만 하고" 사는 삶이 되어 버렸지요. 그 자체로 인위자연人爲自然이 되고 만 것입니다. 응당 "일터는 오래 바람 잘 날 없고", "인파는 술렁이며 소용돌이"칩니다.

"누가 목소리를 높이기라도" 하면, "소리는 나에게까지" 달려들어 여지없이 시멘트 바닥에 정신을 들어 메쳐요. 일자리는 점점 더 불안해지고 삶은 들쑥날쑥합니다. 과연 이런 삶이 사람답게 살아가는 것일까요. 이렇게 살아가야 사람처럼 살 수 있는 것일까요.

시인은 이 시를 통해 과연 무엇이 사람살이인지 다시 한 번 되묻고 있어요. "지하 속 노숙자들"과 "실직자"들, 그리고 "길가의 취객들"이 "어둠속에 웅크리고 추위에 떨고" 있는 모습을 보고 시인은 더 안타까워하지요. 사람으로 살기 위해 저들도 한때는 온몸으로 자신의 생을 밀어붙였을 테니까요. 사랑하는 가족들을 위해 한때는 저 자신만은 사람 되기를 포기한 채 모든 걸 바쳐 일했을지도 몰라요.

하지만 시인은 "누구의 생도 똑같지" 않다는 것을, 지금처럼 힘들고 어렵게 사는 게 외려 감사한 일인지도 모른다는 것을 알게 되어요. 사람으로 사는 것을, 사람답게 살기 위해 발버둥 치는 그 모든 삶의 모습들을 긍정하게 되는 것이지요. "그때서야 어려운 것이 즐거울 수도 있다는 걸" 비로소 깨닫게 됩니다.

시는 이렇듯 지나온 삶을 돌아보게 하고, 그로 인해 지금, 여기의 삶을 긍정하게 해요. 우리는 종종 사람답게 살고 싶다는 말을 합니다. 사람답게 산다는 것은 그저 잠시 멈춰 서는 게 아닐까요. 가속페달을 밟는 게 아니라 캔 커피라도 하나 마시면서 시 한 편 읽을 수 있는 여유, 그것이 사람으로서 누릴 수 있는 큰 즐거움 중 하나가 아닐까요.

"사람으로 살수록" 삶이 더 붐볐다면, 그래서 "오늘도 나는 사람 속에서 아우성"쳐야 한다면, 진정 사람처럼 살아가고 싶다면 잠시 하던 일을 내려놓고 학교 뒷산이라도 걸어 보는 것은 어떨까요. 어떤 부침에도 흔들리지 않고 마냥 흐르는 물처럼, 제 안에 조그마한 물길을 만들어 가만히 깊어지는 담수호처럼 말이에요.

어떤가요? 여유가 생기니 새삼스레 사람으로 태어난 게 감사하지 않나요? 그렇다면 가장 먼저는 나를 낳아 주신 어머니에게 고마움을 표시하는 건 어떨까요? 생일은 내가 축하받기 이전에 먼저 감사해야 하는 날이 아닌가 싶어요.

내 생일에 무엇을 해 드리면 어머니가 깜짝 놀라실까요?

그 표정을 생각하니 벌써 가슴이 벅차오르네요.

사평역에서

_곽재구

막차는 좀처럼 오지 않았다
대합실 밖에는 밤새 송이눈이 쌓이고
흰 보라 수수꽃 눈시린 유리창마다
톱밥난로가 지펴지고 있었다
그믐처럼 몇은 졸고
몇은 감기에 쿨럭이고
그리웠던 순간들을 생각하며 나는
한줌의 톱밥을 불빛 속에 던져 주었다
내면 깊숙이 할 말들은 가득해도
청색의 손바닥을 불빛 속에 적셔두고
모두들 아무 말도 하지 않았다
산다는 것이 때론 술에 취한 듯
한 두릅의 굴비 한 광주리의 사과를
만지작거리며 귀향하는 기분으로
침묵해야 한다는 것을
모두들 알고 있었다

오래 앓은 기침소리와
쓴 약 같은 입술담배 연기 속에서
싸륵싸륵 눈꽃은 쌓이고
그래 지금은 모두들
눈꽃의 화음에 귀를 적신다
자정 넘으면
낯설음도 뼈아픔도 다 설원인데
단풍잎 같은 몇 잎의 차창을 달고
밤열차는 또 어디로 흘러가는지
그리웠던 순간들을 호명하며 나는
한줌의 눈물을 불빛 속에 던져 주었다.

중학교 때는 답답할 때면 해종일 대학로를 거
닐었어요. 낙산도 올라가 보고, 극단이 옹기종기 모인 거리를 지나
며 포스터를 힐끔거리기도 하고, 근처 대학교 캠퍼스를 기웃거리
며 대학생들의 세계는 어떤 곳일까 엿보기도 하고.

걷는 것으로 마음이 풀리지 않으면 지하철을 탔어요. 기차를 탈
돈은 없었고, 또 땅끝까지 가면 다음날 학교에도 가지 못할 테니
지하철이나 버스를 타고 종점까지 갔지요.

그러다가 한 번은 기차를 타고 강원도까지 간 적이 있어요. 기
차는 끝없이 달렸고, 이대로 계속 가다가는 길을 잃을 것 같아 중
간에 내렸지요. 무슨 역인지는 기억나지 않지만, 그곳을 오가는 어
르신들과 누군가를 기다리는 또래의 여자애들을 바라보며 나무 의
자에 버티고 앉은 기억이 나요. 그러고 나니 마음이 좀 풀려서 막
차 시간을 확인했지요. 하지만 생각보다 기차가 오는 간격은 길어
서 캄캄한 밤이 되어서야 막차를 탈 수 있었어요.

정말 이 시처럼 "대합실 밖에는 밤새 송이눈이 쌓이고/ 흰 보라
수수꽃 눈시린 유리창마다/ 톱밥난로가 지펴지고 있었"지요. 그 모

습이 어쩌나 쓸쓸하면서도 한편으론 정겨워 보이던지 '사람이 살아가는 게 또한 이런 거구나' 하는 생각도 들었어요.

"그믐처럼 몇은 졸고/ 몇은 감기에 쿨럭이고/ 그리웠던 순간들을 생각하며 나는/ 한줌의 톱밥을 불빛 속에 던져"주기도 했지요. 더불어 "산다는 것이 때론 술에 취한 듯/ 한 두릅의 굴비 한 광주리의 사과를/ 만지작거리며 귀향하는 기분으로/ 침묵해야 한다는 것을" 알게 되었어요.

늦은 밤이 되어서야 집으로 돌아왔답니다. 부모님은 제가 어딜 다녀왔는지 묻지 않으셨어요. 아직 목적지에 도달한 것은 아니지만 저 역시 기차처럼 어디론가 가고 있다는 것을 깨달았지요. 지금은 한없이 덜컹거리고 가다 서다를 반복하면서 목적지도 수시로 바뀌고 있지만, 언젠가는 사람들을 내 안에 가득 태우고 달리는 그럴듯한 기차가 되어야겠다는 결심도 했습니다.

혹시 지금 달리는 기차에서 혼자만 내렸다고 생각한다면, 기차가 달리는 것도 멈춘 채 서버려서 혼자만 뒤떨어졌다고 느낀다면, 너무 조급해하거나 불안해할 필요는 없을 듯해요. 지금은 잠시 간이역에 머물러 있는 거예요. 긴 여행을 하다가 주위를 둘러보며 숨을 고르는 시간이랍니다. 간이역 없는 여정은 얼마나 각박하고 답답할까요? 그렇게 도착한 목적지는 또 얼마나 삭막할까요?

지금은 간이역일 뿐이에요. 가만히 주위를 살피며 "사평역"에서 사람들도 관찰해 보고, 힘들면 힘든 대로 "한줌의 눈물을 불빛 속에 던져"도 보면서 잠시 쉬어가는 건 어떨까요. 그러고 나면 다시 달릴 힘이 생길 테니까요.

"사평역"은 실제로는 없는 역이라고 해요. 하지만 모두의 마음속에는 시인이 묘사한 대로 정겹고 애틋한 풍경으로 존재하지요. 마음으로는 언제나 갈 수 있는 역입니다. 가끔은 책을 내려놓고 혼자 기차를 타고 훌쩍 떠나 보는 것도 좋을 것 같아요.

단, 내가 지금 어디를 달리고 있는지, 얼마나 빠른 기차를 타고 있는지, 언제쯤 간이역에서 쉴 것인지는 종종 확인해야겠지요.

사랑의 지옥 ─ 서시序詩

_유 하

정신 없이 호박꽃 속으로 들어간 꿀벌 한 마리
나는 짓궂게 호박꽃을 오므려 입구를 닫아 버린다
꿀의 주막이 금세 환멸의 지옥으로 뒤바뀌었는가
노란 꽃잎의 진동이 그 잉잉거림이
내 손끝을 타고 올라와 가슴을 친다

그대여, 내 사랑이란 그런 것이다
나가지도 더는 들어가지도 못하는 사랑
이 지독한 마음의 잉잉거림,
난 지금 그대 황홀의 캄캄한 감옥에 갇혀 운다

벌이 꽃을 쫓듯이, 남학생은 여학생을 쫓아다
니지요. 여학생은 남학생을 남몰래 가슴앓이를 하며 애먼 노트에
낙서가 늘어 가기도 하고요. 하지만 처음엔 마냥 설레고 좋기만
하다가도 그 마음이 깊어지면 오히려 힘들어질 때도 많습니다.

"정신 없이 호박꽃 속으로 들어간" 것까지는 좋은데 좋은 마음
이 커지면 누군가 "짓궂게 호박꽃을 오므려 입구를 닫아 버린" 것
처럼 앞이 캄캄하고 숨이 턱 막힙니다. 이성 친구가 내 마음을 받
아 주지 않을 때는 더 힘들지요.

그러면 진즉 포기하면 좋은데 사람의 마음이라는 것이 또 생각
대로 안 되지요. 어느새 "꿀의 주막이 금세 환멸의 지옥으로" 뒤바
뀌어 버립니다. 세상도 싫어지고, 학교도 공부도 싫어지고 심지어
는 나 자신도 싫어집니다.

때때로 하나님 또는 부처님에게 "잉잉거림"으로 하소연하기도
합니다. 이 시에서도 화자는 꿀벌의 절규를 "노란 꽃잎의 진동"으
로 느끼고 있습니다. 그러면서 화자는 생각하지요. '지금 내 마음도
꿀벌과 비슷하구나' 하고요.

"나가지도 더는 들어가지도 못하는 사랑"은 손쓸 수도 없이 막막한 사랑을 나타냅니다. "이 지독한 마음의 잉잉거림"은 혼란과 괴로움을 말하지요.

그러다 보면 이도 저도 못하고 방황을 하게 됩니다. 하지만 거기서 빠져나오는 법을 알려 드릴게요. 첫째는 일단 내가 사랑에 빠진 것을 인정하는 것입니다. 누군가를 좋아하는 마음은 죄가 아니라 정말 소중한 것이니까요.

둘째는 그렇게 좋아진 마음만큼 나 자신을 아끼고 보듬는 일이에요. 혹여 그 친구를 사랑하는 마음 때문에 나에게 소홀해지거나 자신을 함부로 생각한다면, 그 사랑은 어쩌면 그 어느 것도 진실이 아닐지 모릅니다. 그저 드라마나 만화책에 나오는 환상에 끌린 것에 불과할 수도 있지요.

셋째는 있는 그대로 부모님에게 털어놓고 고민을 상담하는 일이에요. 물론 대부분의 부모님들은 자식이 흔들릴까 봐 걱정을 합니다. 교제 자체를 반대할지도 모릅니다. 하지만 그래서 한편으론 내 자신에게 엄격해질 수도 있지요. 스스로와 약속을 하는 거예요.

저 친구와 만나더라도 내 꿈과 공부에는 영향을 주지 않겠다고요. 서로에게 도전이 되는 만남이어야겠다고요.

또 하나는 지금 이 사랑이 전부라고 생각할 필요는 없다는 거예요. 이것이 지나가면 또 다른 만남이 찾아오고, 그 만남도 지금 내 진실된 마음만큼 예쁘고 귀한 것입니다. 신기하게도 그때가 되면 도저히 견딜 수 없을 것 같은 상처도 쓰라림도 온데간데없이 사라진 것을 알게 될 거예요.

지금, 그리움 때문에 너무 힘들다면, 지치지 말고 흔들리지 말기. 그 마음을 가만히 들여다보면서 인정하고, 스스로를 더 사랑하고, 부모님과 친구들에게 상담도 하면서 이겨 내기.

비록 지금은 못내 견딜 수 없이 아파도, 결국은 지나간답니다. 지나고 나면 그렇게 힘들어했던 기억이, 거꾸로 너무나 아름다운 기억으로 남게 되지요. 말도 안 된다고요? 그렇다면 딱 보름이 지난 후에 다시 이야기해 볼까요? 왜 지금 여러분이 "황홀의 캄캄한 감옥에" 있는 것인지, 왜 그 사랑의 감옥이 어두울수록 더 찬란한지를 말이에요.

지금 하는 사랑도 더 멋진 사랑을 위한 공부라는 거, 지금 아픔 때문에 더 깊은 사람이 될 수 있다는 거 잊지 마세요.

흔들리지 말고 그저 가만히 바라볼 일이에요.

無語別(무어별) — 말없이 헤어짐

_임제

十五越溪女 (십오월계녀)
羞人無語別 (수인무어별)
歸來掩重門 (귀래엄중문)
泣向梨花月 (읍향이화월)

열다섯의 아리따운 아가씨
남이 부끄러워 말 못하고 헤어졌고야.
돌아와 문을 겹겹이 닫고는
배꽃 사이 달을 보며 눈물 흘리네.

10대 때는 말 한 번 제대로 못해 보고 끝났던 사랑이 더 많지요. 짝사랑하는 선생님도 그렇고, 같은 반 이성 친구도 그렇고, 학교 갈 때 버스 정류장서 본 친구도 그렇고, 몇 번이고 고백을 하려다 못한 경우가 많을 거예요.

조선 시대 때는 더 심했겠지요. 조선 중기의 시인이자 문신이었던 임제는 오언절구의 한시를 통해 그 애틋함을 표현했어요. 임제는 송순·정철 등과 함께 시대를 풍미했던 문장가였어요. 하지만 당파 싸움을 개탄하며 나중에는 벼슬을 내려놓고 평생을 산을 찾아다니며 지냈지요.

"열다섯의 아리따운 아가씨" 또한 아마 시인이 잊지 못한 여인이 아닐까 싶어요. 체면을 중시했던 유교 사회였기에 선비는 이별의 슬픔을 표현하지 못했을 거예요. 남존여비 사상이 팽배했기에 여성은 더 조심스러웠겠지요.

화자는 여인의 입장에서 아쉬움을 헤아리고 있어요. 엉엉 울고 싶을 정도로 힘들 텐데도 다만 "남이 부끄러워 말 못"하는 안타까움, "돌아와 문을 겹겹이 닫고는" 그제야 "배꽃 사이 달"을, 그 하얀 달을 올려다보며 "눈물"을 훔쳐야 하는 설움을요.

짧은 시지만, 그 절절함이 시를 읽는 사람에게도 고스란히 전달되는 것 같아요.

저 또한 학창 시절 일기장을 펼쳐 보면 말 못하고 떠나보낸 친구가 많았다는 것이 기억이 나요. 중학교 때는 텔레비전에 나오는 연예인 때문에 속을 앓았고, 고등학교 때는 친구의 여동생을 짝사랑해서 몇 번이고 공중전화로 전화를 걸어 '여보세요'라는 목소리를 듣기만 했지요.

또한 이성 친구와 사귀다가 학업 때문에 헤어졌을 때도 당시에는 무척 힘들었지만, 지금 돌이켜 보면 그 마음만으로, 그 추억만으로도 가슴이 벅차올라요.

이 시에서 "월계녀"는 양귀비와 함께 중국의 4대 미녀로 꼽히는 월越나라의 서시西施를 말해요. 즉 서시처럼 아름다운 여인을 말하는 것이지요. 저도 지금 생각해 보면 그때 짝사랑하고 좋아했던 친구들이 머릿속에 전부 서시 혹은 춘향이 같은 이미지로 남아 있어요.

이몽룡과 성춘향 또한 '이팔청춘' 열여섯이었잖아요. 그러니 지금이 어떻게 보면 가장 풋풋하면서도, 가장 뜨거울 때가 아닌가 싶어요.

　잠깐의 설렘은 영원한 기억으로 남을 것이니, 너무 아쉬워하지 않아도 좋을 것 같아요. 소중히 간직하고 감사하기로 해요. 사랑은 다시 올 거랍니다. 더 멋있고 예쁜 사람이 되어 준비하자고요.

　더 당당히, 더 든든히 사랑을 줄 수 있도록.

엄마 걱정

_기형도

열무 삼십 단을 이고
시장에 간 우리 엄마
안 오시네, 해는 시든 지 오래
나는 찬밥처럼 방에 담겨
아무리 천천히 숙제를 해도
엄마 안 오시네, 배추잎 같은 발소리 타박타박
안 들리네, 어둡고 무서워
금간 창틈으로 고요히 빗소리
빈방에 혼자 엎드려 훌쩍거리던

아주 먼 옛날
지금도 내 눈시울을 뜨겁게 하는
그 시절, 내 유년의 윗목

어떤 날에는 집에 엄마가 계시지 않을 때가 있어요. 학교를 마치고 돌아왔는데 엄마가 없으면 무언가 허전하지요. 밥을 혼자 차려 먹기도 애매해서 아예 굶어 버려요. 조금 지나면 배가 고픈 것 뿐만 아니라 마음도 고프지요. 날은 어두워지고 바람은 허하게 부는데 엄마가 늦어지면 불안한 마음까지 일어요.

이 시에서 소년은 "열무 삼십 단을 이고" 시장에 야채를 팔러 나간 엄마를 기다리고 있어요. "해는 시든 지 오래" 되었는데도 엄마는 오지 않아요. 소년은 "찬밥처럼 방에 담겨" 엄마를 기다리지만 "아무리 천천히 숙제를 해도" 오지 않아요. 이내 "어둡고 무서워" 가만히 몸이 떨려 옵니다.

저도 어릴 때 시골 할머니 댁에 맡겨진 적이 있어요. 형편이 어려웠던 때라 부모님은 서울로 돈 벌러 가셨고, 저와 여동생은 이제고 저제고 엄마 아빠가 오기만을 기다렸지요. 하지만 부모님은 명절 때만 오셨어요. 잠깐의 만남이 끝나고 다시 엄마 아빠가 서울로 돌아갈 때는 어떻게든 떨어지지 않으려고 울던 기억이 나요. 여동생은 자기만 혼자 두고 갈까 봐 아예 잠을 자지 않았지요.

"금간 창틈으로 고요히 빗소리"가 들릴 때면 남매는 찬마루에 나와 떨어지는 빗방울을 보며 엄마를 기다렸지요. "빈방에 혼자 엎드려 훌쩍"거릴 때도 많았고요. 몇 년 뒤 아빠 등에 업혀 서울의 반지하 단칸방으로 올라왔지만 기다림은 끝나지 않았어요.

형광등 스위치가 손에 닿지 않아 캄캄해지면 숙제도 하지 못했지요. 방은 너무 차서 엎드릴 수도 없었고요. "아주 먼 옛날/ 지금도 내 눈시울을 뜨겁게 하는/ 그 시절"을 저는 아직도 기억하고 있답니다.

여러분들은 그 마음이 어떤 건지 잘 알 거예요. 하지만 때로는 혼자서도 잘 지낼 수 있어야 해요. 가끔은 스스로 요리도 해 보고, 책을 보면서 모노드라마도 찍어 보고, 친구들에게 전화를 걸어 수다도 떨고, 길가에 피어 있는 들꽃에도 말을 걸어 보면서 씩씩하게 지낼 수도 있어야 하지요.

저는 벽지로 붙은 옛날 신문을 읽으면서 이야기를 지었어요. 신문 기사는 짧게 끝났지만, 그 후의 스토리는 끝나지 않았다고 생각했거든요. "내 유년의 윗목"은 아랫목이 아니어서 한없이 차고 또 찾지만, 소년은 그 속에서 스스로 홀로 서는 법을 배웠어요.

모든 사람은 하나의 단독자이고, 한 인간이에요. '천상천하유아
독존天上天下唯我獨尊'이라는 말 들어 봤지요? 이 말은 '혼자만 잘 살
자'라는 뜻이 아니라 '하늘과 땅을 통틀어도 오직 내가 존귀하다'라
는 말로 개개의 생명은 다 존엄하다는 의미를 품고 있어요.

그렇기 때문에 모든 인간은 홀로, 스스로 존재할 수 있어야 해
요. 부모님의 사랑을 받는 것도 중요하지만, 혼자서도 제 일은 할
수 있어야 하고 또 그게 당연합니다. 거기서부터 출발해야 부모님
의 도움과 지원이 얼마나 감사한지도 알 수 있지요.

자, 오늘부터는 혼자 밥 짓는 법을 알아 두면 어떨까요? 내가
좋아하는 메뉴를, 나를 위해서 정성껏 요리하는 보람은 또 얼마나
큰지 몰라요. 그리고 그것을 한입 물었을 때 느껴지는 자신에 대
한 사랑은 또 어떻고요.

누군가에게 밥을 해 먹인다는 것은, 사랑한다는 뜻이에요.

여러분은 그래서 사랑을 먹고 자라는 것이죠.

한없이 고맙고 또 고마운 일이에요.

수선화에게

_정호승

울지 마라
외로우니까 사람이다
살아간다는 것은 외로움을 견디는 일이다
공연히 오지 않는 전화를 기다리지 마라
눈이 오면 눈길을 걸어가고
비가 오면 빗길을 걸어가라
갈대숲에서 가슴검은도요새도 너를 보고 있다
가끔은 하느님도 외로워서 눈물을 흘리신다
새들이 나뭇가지에 앉아 있는 것도 외로움 때문이고
네가 물가에 앉아 있는 것도 외로움 때문이다
산그림자도 외로워서 하루에 한 번씩 마을로 내려온다
종소리도 외로워서 울려퍼진다

어떤 때는 정말 아무도 나를 이해해 주지 않는 것 같아 마냥 속상하고 외로울 때가 있습니다. 아무리 가족이 있고, 친구가 있어도 나를 진정 사랑하는 것 같지 않아 가슴이 한없이 허해질 때가 있지요.

하지만 시인은 "울지 마라/ 외로우니까 사람이다"라고 말합니다. 그렇지요. 우리는 사람이기 때문에 외로워하는 것은 당연한 것이지요. "살아간다는 것은" 그 자체로 "외로움을 견디는 일"입니다. 그렇게 생각하니 외로움이란 것은 그리 힘든 것만은 아닌 거 같아요.

우리가 숨을 쉬는 것이 너무나 자연스러운 일이듯, 외로움이란 녀석도 일상에서 느끼는 자연스러운 감정입니다. 그러니 너무 신경 쓰지 않아도 좋아요. 날 이해하지 못하는 것 같은 부모님도, 날 알아 주지 않는 것 같은 선생님과 친구들도 지금 모두 "외로움을 견디"고 있는 중이니까요.

시인은 또 말합니다. "공연히 오지 않는 전화를 기다리지 마라"고요. 외로움을 잊기 위해 발버둥 칠 것이 아니라 고독을 인정하고, 홀로 있는 시간을 즐길 일이에요. 그러지 않고 누군가를 의지하고 기다리게 되면 점점 더 나약해지는 자신을 발견하게 될 거예요. "눈이 오면 눈길을 걸어"가고, "비가 오면 빗길을 걸어"가면 그만입니다. 꼭 누군가의 손을 잡고 가지 않아도 좋아요.

외로워하는 이는 비단 나뿐만이 아닙니다. "가슴검은도요새"도 외로운지 나를 바라봅니다. "가끔은 하느님도 외로워서 눈물을 흘리"십니다. 어쩌면 신은 그래서 인간을 만들었을지도 몰라요. 우리들이 외로워서 인형을 가지고 노는 것처럼 말입니다.

그렇게 생각하면 외로움이 조금 옅어지지 않나요? 나 혼자만이 아니라는 그 사실 자체가. "새들이 나뭇가지에 앉아 있는 것도", 우리들이 "물가에 앉아 있는 것도", "산그림자"가 "하루에 한 번씩 마을로 내려"오는 것도 다 "외로움 때문"이라고 합니다.

외로움은 우리가 살아가게끔 하는 하나의 동력이자 이유도 될 수 있겠네요. 좀 더 그것에 익숙해질 필요가 있습니다.

그리스신화에 따르면 수선화는 미소년 나르시스가 변해서 된 꽃이라고도 하지요. 자기 자신에게 반해서 물에 빠진 나르시스는 어쩌면 모든 인간들의 표상이 아닐까 싶어요. 사람은 누구나 자신에게 집착하고, 자신이 최고라고 생각하니까요.

그렇기에 때로는 고독을 즐기며 자기 자신과 거리를 둘 필요도 있을 것 같아요. 누군가 바라봐 주기만을 기다릴 게 아니라, 누가 반해 주기만을 바랄 게 아니라, 그저 혼자서 좀 더 자신을 비우고, 또 비울 필요도 있는 것이지요.

"종소리도 외로워서 울려" 퍼집니다. 그럴수록 속이 더 비워지니까요. 아마 외로운 만큼 더 아름다운 소리를 울리며 퍼지지 않을까요?

혹 지금 외롭다면, 지금 힘들다면, 아무도 이해해 주지 않는다고 생각한다면, 가만히 내 안의 종을 울려 보면 어떨까요. 그 소리가 몹시 잔잔하고 슬프다면, 외려 기뻐할 일이에요.

그만큼 여러분은 더 크고 강한 종으로 자라날 테니까요.

곧 더 아름다운 소리를 들려줄 수 있을 테니까요.

무언가 아름다운 것

_이성복

1.
아침마다 꽃들은 피어났어요

밤새 옆구리가 결리거나
겨드랑이가 쑤시거나

밤새 아픈 것들은
뜬눈으로 잠 한숨 못 자고

아침엔 손을 뻗쳐
무심코 만져지는 것이

뭔가 아름다운 것인 줄 몰랐어요

2.
저녁이면 꽃들이 누워 있었어요
이마에 붉은 칠을 하고요

넘어져 다쳤는지 몰라요
어쩌면 더 먼 곳에서 다쳐
이곳까지 와서 쓰러졌는지도

엎드리면 꽃들의 울음소리 들렸어요
난 꽃들이 등물 하는 줄 알았지요

고등학교 때 문예부 활동을 하면서 시화전을 열었던 기억이 나네요. 제 마음을 담은 시와 그림을 떡하니 이젤에 걸어 두고 짝사랑하는 여자애를 초대하였답니다. 그뿐이었을까요. 제 절절한 마음을 보여 주고자 머리도 아예 삭발을 해 버렸지요. 그랬으니 공부하고는 진즉 담을 쌓았겠지요?

몇 번이고 그 애에게 고백하는 장면과 그 애가 내 마음을 받아 주는 모습을 상상하면서 천당과 지옥을 오갔지요. 하지만 끝내 그 애는 나타나지 않았어요. 외려 다른 여고에서 온 친구들만 그런 모습이 안쓰러웠는지 제 시화에 초콜릿을 잔뜩 붙여 주고 갔답니다.

하지만 거절을 당했어도, 시화전이 끝나고 저는 얼마나 뿌듯했는지 몰라요. 무언가를 위해 최선을 다했다는 것, 내 모든 걸 쏟았다는 게 제 스스로도 대견했고, 그걸 본 친구들도 많이 공감하고 응원해 주었으니까요. 이전보다 제 자신을 더 사랑하게 되었지요.

세상도 달라 보였어요. 누군가를 흠뻑 사랑하고 나니 작은 생물에도 애정이 생기고 친밀하게 느껴졌지요. 저 녀석들도 나만큼 아팠겠구나 생각하니 꽃 한 송이도 얼마나 소중하게 느껴졌는지 모룹니다.

사랑하면 시인이 된다고 하잖아요. "아침마다 꽃들은 피어"났고, "밤새 아픈 것들"이 "뜬눈으로 잠 한숨 못 자고" 피어났다는 것을, 그래서 이른 아침 내가 손을 내밀었을 때 "무심코 만져지는 것"이 되었다는 것을, 그래서 "아름다운 것인 줄"을, 저도 뒤늦게 알게 되었지요.

비록 짝사랑하던 친구에게는 차였지만 그런 세상이 보이니 마음은 더 벅차올랐어요. "저녁이면 꽃들이 누워" 있는 것도 보였고, "이마에 붉은 칠을 하고" 발갛게 물들어 있으면 예쁘다 싶으면서도 혹 "넘어져 다쳤는지 몰라" 한 번 더 들여다보고 물을 주었지요.

"어쩌면 더 먼 곳에서 다쳐/ 이곳까지 와서 쓰러졌는지도" 모르겠다는 생각에 한참을 옆에 쪼그리고 앉아 지켜보기도 했고요. "엎드리면 꽃들의 울음소리"도 들려왔어요. 꽃들이 저희들끼리 "등물하는 줄" 알았는데, 그들 또한 제 마음 깊이 숨겨 둔 아픔이 있다는 것을 알게 되었지요.

저는 그래서 지금도 저를 뻥, 차 준 그 친구를 고마운 마음으로 그리워해요. 만약 그 친구를 사귀었다면, 지금처럼 이렇게 예쁜 기억은 남지 않았을 거예요. 그리고 꽃들과 어울리는 법도, 더 많은 사물에 공감하고 위로하는 법도 알지 못했겠지요.

그러니 웃어요. 사랑의 끝에는, 그 아픔을 씨앗처럼 머금고 더 아름다운 열매가 꼭 열리고 말 테니. 그 열매가 더 많은 사람들에게 힘이 되어 줄 것이니. 그리하여 결국엔 더 멋있고 어여쁜 사람을 만나게 될 테니까요.

삶이 우리를 속인다면,

한 번쯤은 못 본 척하고 속아보는 것도 나쁘지 않을 것 같아요.

비록 지금은 힘들고 괴롭겠지만

아마 비슷한 일이 또 닥치면 그땐 웃음이 날 거예요.

'내가 이런 일로 그렇게 힘들어했나?' 싶을 정도로요.

세 번째 이야기

견딜 수 없는 고통을
견디는 시간

어떤 기쁨

_고은

지금 내가 생각하고 있는 것은
세계의 어디선가
누가 생각했던 것
울지 마라

지금 내가 생각하고 있는 것은
세계의 어디선가
누가 생각하고 있는 것
울지 마라

지금 내가 생각하고 있는 것은
세계의 어디선가
누가 막 생각하려는 것
울지 마라

얼마나 기쁜 일인가

이 세계에서
이 세계의 어디에서
나는 수많은 나로 이루어졌다
얼마나 기쁜 일인가
나는 수많은 남과 남으로 이루어졌다
울지 마라

　　때때로 학교에서, 또는 집에서 정말 지치고 힘
든 날이 있어요. 바람이 더 매섭게 불어치는 날에는, 그 날카로움
이 나에게만 더한 것 같아 까닭 모르게 슬퍼질 때가 많지요. 나 말
고 다른 사람들은 어찌 그리 잘 웃고 당당한지요. 나는 왜 이렇게
연약하고 또 상처를 잘 받는지요. 그럴 때는 사람들에게서 떠나
숨고 싶어지기도 합니다.

　민중 속에서 '만인'의 모습으로 살아왔고, 또 '만인'을 보아 왔던
시인은 그런 우리에게 슬그머니 말을 건넵니다. "지금 내가 생각하
고 있는 것은/ 세계의 어디선가/ 누가 생각했던 것"이라고. 그러니
"울지 마라"라고. 그 말을 듣고 보니 이 상처가 나만의 것은 아니라
는 생각이 듭니다. 오히려 슬픔의 총량이 덧없이 작아져 버리는 순
간입니다.

　지금, 이 순간에도 "내가 생각하고 있는 것은/ 세계의 어디선
가/ 누가 생각하고 있는 것"이라고 시인은 또 말하지요. 그게 절망
이 아닌 꿈과 희망일지라도, 그마저도 누군가 이미 생각하고 있다
면 너무 으쓱대거나 방방 뛸 일도 아니겠지 싶어요. 이 지점에서

"울지 마라"라는 시인의 다독임은 그러니 '웃지 마라'라는 푼푼한 충고로 들리기도 하지요.

심지어 내가 앞으로 하게 될 생각마저도 "누가 막 생각하려는 것"이라면, 차라리 생각 자체에 더는 집착하지 않게 되어요. 그것마저 누구나 하는 거라면, 나의 생각과 계획이란 것도 절대적인 것은 아니라는 이야기겠지요. 그렇기에 내 생각을 누군가에게 강요할 필요도, 혹은 꼭 인정받으려고 애쓸 필요도 없을 것 같아요. 다만 이 순간, 순간에 최선을 다하면 될 뿐.

발그레한 시인의 얼굴에서 만인이 보이고, 가만 보니 만인의 얼굴 속에서 내 얼굴도 보여요. "얼마나 기쁜" 일인지요. "이 세계에서/ 이 세계의 어디에서" 나라는 존재가 "수많은 나로 이루어졌다"는 것이 말이죠. 한편 조심스럽기도 해요. 그들 또한 나라는 사람의 또 다른 모습일 수도 있으니까요.

눈부처라는 말이 있습니다. 다른 사람의 눈동자에 비친 내 모습을 의미한다고 해요. 반대로 생각해 보면, 내 눈동자에 비친 다른 사람의 모습일 수도 있겠지요. 그래요. 어쩌면 우리는 저 혼자서는

'부처님'이 될 수 없을지도 모릅니다. 나와 남의 오고 가는 관계 속에서, 그리고 나와 남의 생각을 버리고 그저 함께 마주 보는 데서 진정한 공부가 가능할지도 모르겠어요.

시인의 말마따나 "수많은 나"가 "수많은 남과 남"이 되는 지점이지요. 어쩌면 나라는 존재가 나인지, 남인지 중요하지 않을지도 몰라요. 나에게 슬픔이라면 남에게도 슬픔이겠고, 남에게 기쁨이라면 나에게도 기쁨일 것이니까요.

나와 남을 구분 짓고, 친구들의 한 마디에 가슴 졸이며 밤잠을 설쳤던 날들을 돌아봅니다. 이제 더는 그럴 필요가 없을 것 같아요. 다른 친구들을 괴롭히거나 모질게 구는 것도 마찬가지. 그것은 곧 나 자신에게 함부로 대하는 것이니까요.

이제는 나를 풀어 주고자 합니다. 그래야 사랑하는 이들의 눈 안에서 부처가 될 수 있지 않겠어요. 당신이 내 안에서 부처로 웃고 있듯이 말입니다.

세상에, 이런 기쁨도 있군요!

축구소년

_함기석

소년의 주특기는 빠른 땅볼이다. 새를 기르던
소녀 앞에서 멋진 슛을 날리면 날릴수록
공은 늘 담장 위로 도망치며 소년을 배신했지만
소년의 꿈은 최고의 축구선수가 되는 거다 그래서

소년은 무엇이든 차버린다
소년은 책상을 찬다 책상은 발을 아파한다
소년은 국어책을 찬다 국어책은
교실 유리창을 깨고 겨드랑이에 떨어져 소년을 읽는다
소년은 시계를 찬다
시계는 손목에 떨어져 소년의 내일을 아파한다
하얗게 타들어가던 겨울하늘을 아파한다
불기둥 사이 예쁘게 발광하던 소녀를 아파한다
소년은 구두를 찬다 아니
구두가 소년을 차버리고 소년을 가둔다

소년은 힘껏 가난을 차버린다
가난은 골대에 정면으로 맞고 튀어나와
소년의 얼굴을 더 세게 때린다
코피를 닦으며 소년은 아빠를 차버린다

아빠는 포물선을 그리며 술병 속으로 똑 떨어진다
술병은 아빠를 아파한다 소년은 새벽마다
아빠의 늑골 사이에서 울려나오는 삽질소릴 아파한다
술병 속으로 석탄을 실은 화물열차가 연달아 들어가고
만취한 아빠는 비틀비틀 어두운 술병을 걸어나온다

운동장은 한 장의 낡은 지폐, 허리가 찢겨 있다
소년은 울먹이며 허공으로 제 머리를 차올린다
머리는 살짝 구름에 걸려 떨어지지 않는다
구름 뒤로 흰 부리의 새떼가 날아오르고
운동장으로 수천의 깃털들이 떨어진다

눈 내리는 겨울저녁
머리 없는 소년이 운동장을 뛰어다닌다
목에 축구공을 붙이고 천막집으로 돌아가는
소년의 내부에 공의 내부보다 캄캄하게 휘어진
아빠의 금간 어깨뼈가 달그락 흔들리고
소녀를 닮은 3층집이 아파하며 커오른다

밤새도록 눈이 차오르는 겨울하늘 아래
펄럭이는 지붕소릴 들으며 뒤척이는 소년
소년의 앙상한 등줄기를 밟고 캄캄한 머릿속으로
새들이 차례로 등불을 들고 걸어들어간다
소년은 겨우 발가락 끝까지 환해지며 잠이 든다

가슴이 답답할 때는 무엇이든 뻥 차 버리고 싶습니다. 화를 이기지 못해 애꿎은 돌부리를 찼다가 발을 움켜쥐고 방방 뛴 적도 있을 거예요. 하소연할 데가 없어 속으로 끙끙 앓다가 잠을 못 잔 적도. 그럴 때는 소년처럼 주특기를 만들어 무엇이든 매진해 보면 어떨까요?

"소년의 꿈은 최고의 축구선수가 되는 거"입니다. 그 꿈 안에 일상을 담을 수 있었기에, 삶은 또 다른 모습으로 소년에게 말을 건넵니다. 그렇게 소년은 "힘껏 가난"도 차 버립니다.

"비틀비틀 어두운 술병을 걸어" 나오는 아빠를 보니 마음은 더 답답해지고 가난 속에서 운동장마저 "한 장의 낡은 지폐"로 보입니다. 이런저런 생각이 복잡한지 소년은 아예 "울먹이며 허공으로 제 머리"까지 차올려 버리고, 놀란 "흰 부리의 새떼가 날아"오릅니다.

시인은 그 모습을 "머리 없는 소년이 운동장을 뛰어 다닌다"고 표현했습니다. 생각이 많아지고 여러 고민에 힘들어질 때는 자신만의 운동을 찾아 해 보는 게 좋을 거 같아요. 허약 체질이었던 저는 학창 시절, 태권도를 배웠어요. 배가 고플 때는 샌드백을 더 세게 쳤지요. 시험을 망쳤을 땐 주먹으로 녀석을 얼마나 두들겨줬는지 몰라요. 친구들과 싸웠을 땐 친구 생각도 하면서 날아다녔지요.

땀을 쏟고 나니 머리가 텅텅 비면서 속이 홀가분한 거 있지요? 생각보다 지금 하고 있는 고민의 무게가 그리 크지 않다는 걸, 땀을 흘리고 나서 깨달았어요. 힘이 빠지기는커녕 힘이 솟았지요. 그러면서 꼭 꿈을 이루고 말리라 의지를 다지고 또 다졌답니다.

"겨울하늘 아래/ 펄럭이는 지붕소릴 들으며 뒤척이는" 축구소년은 비록 지금은 춥고 외롭고 배고플지 모르지만, "최고의 축구선수"가 되는 꿈만 놓지 않는다면, 그리하여 모든 것들을 뻥뻥 차 버리며 클 수 있다면, "새들이 차례로 등불을 들고" 응원할 거예요. 비로소 "소년은 겨우 발가락 끝까지 환해지며 잠"을 잘 수 있을 것입니다.

아무리 힘들어도 꿈을 잃지 않을 것, 자신만의 운동을 하면서 머리를 하늘로 날려 버릴 것. 희망을 담아 오늘부터 자신을 ○○소년, ○○소녀라고 부를 것!

지금 당장 운동장으로 달려 나가기로 해요.

바람의 딸

_김사이

어느 날 학교 파하고 돌아오니
안방에 아버지를 닮은 낯선 할머니가 앉아 있다
하늘에서 뚝 떨어진 친할머니라 한다
등허리로부터 소름꽃이 토도독 피어오르며
놀라 엄마, 엄마 찾았지만 보이지 않았다
평온한 시간이 지루했던 모양이다
푸른 태양이 숨어버리고
그렇게 할머니와 이상한 동거가 시작되었다
칼바람보다 더 냉랭한 말투
쳐다보는 눈빛은 얼마나 매서웠던지
엄마가 늘 쓰는 욕에도 단련되지 못했거늘
할머니는 욕에 가시를 박았는지
들을 때마다 가슴이 쩍쩍 갈라지는 것이다
잡년 개 같은 년 씨알머니 읍는 년아
왜 그랬을까 모를 일이었다
아랫집 할머니처럼 우리 강아지 우리 강아지 하며

보듬어주길 바란 적 없는데

부지깽이 들고 쫓아다니는 것이 화풀이란 것쯤 안다

아버지는 소나기처럼 한 번씩 들이쳤다 가고

어머니의 외출은 기약이 없어졌다

치통보다 곤혹스러운 시간이 흐른 뒤

중학교 입학을 앞두고

한동안 불편하고 따가웠던 바람의 정체에 대해,

어머니가 처와 자식 딸린 남자를 사랑한 것을

내가 바람의 딸인 것을 이해하는 순간

몸 깊은 곳으로부터 꽃망울이 터졌다

첫 생리였다

가족은 철옹성이어야 하고, 또 철옹성이 맞기
도 합니다. 힘들 때는 울타리도 되어 주어야 하고, 지칠 때는 버팀
목이, 상처 받았을 때는 병원이, 춥고 배고플 때는 찜질방도, 국밥
집도 되어 주어야 하는 게 집이지요.

하지만 커 가면서 마냥 요람 같지만은 않은 가정사를 겪을 때도
있습니다. 하늘 같았던 아빠와 엄마도, 옥황상제나 삼신할머니 같
던 할아버지, 할머니도, 피를 나눈 형제자매도 결국 하나의 인간이
니까요.

사랑과 믿음이 클수록 생각지도 못한 모습을 보게 되었을 때는
실망도 큽니다. 이 시에서도 화자인 소녀는 그로 인해 상처를 받습
니다. "아버지를 닮은 낯선 할머니"가 어느 날 갑자기 "하늘에서 뚝
떨어"져서 나타납니다. 친할머니인데도 소녀는 처음 만나는 것이지
요. 이것만 봐도 소녀의 가정사가 순탄치만은 않았으리라는 것을
알 수 있습니다.

그런데 그 할머니는 다른 할머니처럼 "우리 강아지 우리 강하
지" 해 주지는 않고 "욕에 가시를 박았는지/ 들을 때마다 가슴이

쩍쩍 갈라지는" 소리만 해 대는 것입니다. 소녀는 얼마나 무섭고 당황스러웠을까요?

할머니는 "부지깽이 들고 쫓아다니는 것"으로 소녀에게 "화풀이"를 하지만, "아버지는 소나기처럼 한 번씩 들이쳤다 가고/ 어머니의 외출은 기약이 없어"집니다. 소녀는 그 누구에게도 보호를 받지 못합니다.

나중에 "중학교 입학을 앞두고"서야 소녀는 할머니가 자신에게 왜 그랬는지 알게 됩니다. 바로 "어머니가 처와 자식 딸린 남자를 사랑"했기 때문이라는 것을, 그래서 할머니가 '진짜 며느리'의 핏줄이 아닌 나에게 해코지를 했다는 것을, 내가 "바람의 딸인 것을 이해"하게 되지요.

"치통보다 곤혹스러운 시간이" 흘렀지만, 소녀는 좌절하거나 주저앉지 않습니다. 외려 그만큼 성장하고 단단해졌지요. 소녀는 마침내 자신이 "바람의 딸"이라는 것을 알게 됩니다. 이것은 어머니 때문이기도 하지만, 한편으로는 말 그대로 바람처럼 크고 넓은 사람이 되었다는 이야기이기도 합니다.

그제야 비로소 소녀는 진정 어른이 된 것인지도 모릅니다. 그리고 "몸 깊은 곳으로부터 꽃망울"이 터져 "첫 생리"를 하게 되지요. 아픈 만큼 성숙한다는 말처럼 소녀는 그렇게 상처를 딛고 자라납니다.

사춘기 때 가장 힘든 순간은 가족이 나를 실망시킬 때입니다. 허나 그들 또한 사람입니다. 제 스스로를 가누지 못해 쓰러질 때도 있고, 그러다 보면 생각지도 못했던 모습을 보여 줄 수도 있지요.

그럴 때 가장 중요한 것은 서로에 대한 믿음이 아닌가 싶어요. 부모님에 대한 믿음, 제 자신에 대한 믿음 말이에요. 그리고 가족이 나를 믿어줄 거라는 확신을 가지고 이제는 우리도 한 가정의 주춧돌이 되어 모두를 생각할 때가 된 것 같아요.

가족이 날 아프게 해도, 긍정하고 또 긍정할 일이에요.

삶이 그대를 속일지라도

_푸시킨

삶이 그대를 속일지라도
슬퍼하지 말라, 노하지 말라!
설움의 날을 참고 견디면-
기쁨의 날이 옴을 믿으라.

마음은 미래에 사는 것,
오늘은 언제나 슬픈 것-
모든 것은 한 순간에 지나가는 것,
지나간 것은 또다시 그리워지는 것을.

삶이, 시험지가, 학교가, 친구가 나를 속인다는 생각이 들면 온 세상이 힘겹게 느껴집니다. 어떨 때는 아예 모든 것을 등지고 다른 데로 훌쩍 떠나고도 싶어지지요. 러시아의 국민 시인이었던 푸시킨도 이런 경우가 많았나 봅니다. 그래서 그는 그와 똑같은 마음으로 힘겨워하는 이들에게 깊은 성찰이 담긴 위로를 건넬 수 있었지요.

시인은 "삶이 그대를 속일지라도/ 슬퍼하지 말라, 노하지 말라"고 합니다. "설움의 날을 참고 견디면-/ 기쁨의 날이" 다시 온다는 것을 믿어야 한다고 합니다. 생각해 보니 당시에는 힘들었지만 지나고 보면 자꾸 그리워지고 애틋해지는 경우도 많은 것 같네요.

왜, 어른들도 '학교 다니며 공부만 할 때가 제일 좋을 때야' 하고 늘 말씀하시지 않나요? 저도 학교 다닐 때는 그런 말을 들으면 인상을 잔뜩 찌푸리곤 하였답니다. 하지만 점차 나이를 먹으면서 알게 되었어요. 모든 것은 지나간다는 것을요. 지금 아무리 힘들어도 자고 나면 조금 괜찮아지고, 또 자고 나면 더 괜찮아진다는 것을요. 그런 인생의 진리를 깨달은 어른들은 '그때가 제일 좋을 때'

라는 말로 우리를 위로하는 것이지요.

어른이 된 지금은 학교 다녔던 학창 시절 생각만 하면 너무 그리워서 가슴이 먹먹해질 정도랍니다. 참 이상해요. 그때는 아침에 눈을 뜨기도 싫었고, 어떻게든 학교에 늦게 가려고 엄마와 싸우기 일쑤였는데 말이지요.

시인은 또 말합니다. "모든 것은 한 순간에 지나가는 것"이며 "지나간 것은 또다시 그리워지"게 된다고. 지금, 이 순간이 얼마나 소중한지 깊이 감사하며 하루하루를 살아야겠어요. "마음은 미래에 사는 것"이니까요. "오늘은 언제나 슬픈 것"이라는 사실을 인정하고 내 마음을 있는 그대로 바라보면 서두를 필요도 없고, 불안해하지 않아도 될 것 같아요.

일류 대학에 가면 삶이 더 행복해질 것 같고, 멋있고 예쁜 친구를 만나면 더 좋아질 것 같고, 돈을 많이 벌면 내가 달라질 것 같고, 좋은 회사에 가면 더 괜찮은 삶을 살 수 있을 것 같습니다. 하지만 그렇게 먼 미래만 생각하다 보면 정작 내가 지금 살고 있는 현재는 없어져요. 지금, 이 순간이 없는 사람, 그런 사람이야말로 정말 슬픈 사람 아닐까요?

삶이 우리를 속인다면, 한 번쯤은 못 본 척하고 속아 보는 것도 나쁘지 않을 것 같아요. 비록 지금은 힘들고 괴롭겠지만 아마 비슷한 일이 또 닥치면 그땐 웃음이 날 거예요. '내가 이런 일로 그렇게 힘들어했나?' 싶을 정도로요. 그때가 되면 어떤 일에도 속지 않을지도 모르지요.

이 시를 읽으면서 가장 좋았던 점은 삶에 더 이상 속지 않게 된 것도, 삶에 속더라도 너무 아프지 않게 된 것도 아니에요. 바로 "미래에 사는" 마음을 "오늘"로 가져왔다는 점이랍니다. 슬프면 슬픈 대로 가만히 반짝이는, 그래서 더 소중하고 귀한 것이 바로 이 순간의 마음이에요. 그러니 앞으로는 "삶이 그대를 속일지라도/ 슬퍼하"거나 "노하지" 말기로 해요.

지금 이 삶이 얼마나 아름다운가요. 모든 것은 지나가기에 기쁘지만, 그래서 더 슬프고 아프기도 하지요. 그럴수록 더 고마운 일인지도 몰라요.

푸시킨은 사랑하는 아내를 지키고자 연적과 결투를 하다가 38

살의 젊은 나이에 죽고 말아요. 그래서 그 짧은 삶이 더 아쉽고, 슬프고, 또 아름답게 칭송되는지도 모르겠습니다.

지금 이 순간, 우리도 한번 내 자신에게 결투를 신청해 보면 어떨까요? 삶이 나를 속여도 슬퍼하거나 성내지 말아요. 가장 중요한 것은 내가 나를 속이지 않는 일이니까요.

전심을 다해 오늘을 살고, 자신을 더 사랑해야겠어요.

학교 가는 길 — 어느 학생의 말

_정희성

모든 문제의 답은 학교에 있고
정답은 언제나 근엄해서
담임선생님의 얼굴 같지요
답답한 세상을 살아오는 동안
삼차방정식보다 난해하게 변해버린
선생님의 표정을 읽으며
정답까지 가는 길은 너무도 아득해
나는 가끔 다른 길을 갑니다
비록 험하기는 하지만
이 세상 어딘가엔 즐거움도 있겠지
생각하며 길모퉁이 돌아서면
찍소리 말고 공부나 하라는
어머니의 고함소리 멀어지고
친구가 다닌다는 공장을 지나면
신축공사장 인부들
오락실 근처에선 재수할 때 만난

친구의 옆모습도 보이지요
무언가 고달파 보여도
정답처럼 엄숙하지 않아서
볼수록 정다운 얼굴들을 떠올리며
나는 교실로 돌아오곤 하지요
그러면서 나는 자신에게 곧잘
어리석은 질문을 던집니다
— 정답은 학교에만 있는가

전교 꼴등에 근접했던 고1 때, 저는 이런 생각을 줄곧 했어요. '꼭 학교에서 가르치는 것만 배워야 하나?' 하고요. 복막염 수술을 하고 몇 달 지나지 않았을 때였지요. 삶은 무엇인지, 왜 살아야 하는지 등등 엉뚱한 생각만 했지요.

그래서 시험공부를 더 안 했어요. 자존감도 낮아서 누가 해코지를 하면 참지 못하고 싸움질도 많이 했답니다. 별로 잘 하지도 못하면서 마구잡이로 주먹다짐을 했지요. 적어도 시인이라는 꿈을 갖기 전까지는 말이에요.

"정답"은 학교엔 없다고 생각했거든요. 하지만 역설적이게도 시인이 되어야겠다, 결심하면서부터 악착같이 공부를 했어요. 국어와 문학은 좋아서 했지만, 영어와 수학은 억지로라도 했지요. 그렇다고 갑자기 점수가 크게 좋아지진 않았어도 말이에요.

이 시에서도 "어느 학생"은 동일한 의문을 품고 있어요. "삼차방정식보다 난해하게 변해버린/ 선생님의 표정을 읽으며/ 정답까지 가는 길은 너무도 아득해/ 나는 가끔 다른 길을" 간다고요.

저도 때때로 선생님께 반항도 해 보았지요. "비록 험하기는 하지만/ 이 세상 어딘가엔 즐거움도 있겠지/ 생각하며 길모퉁이 돌아서면" 이번엔 "찍소리 말고 공부나 하라는/ 어머니의 고함소리"가 들려왔답니다.

그러면서 저 또한 "자신에게 곧잘/ 어리석은 질문을" 던지곤 했어요. "정답은 학교에만 있는가" 하고요.

여러분도 그런 생각이 들 때가 있지요? '정답은 학교에만 있나?' 하는 생각. 만약 '없다'라는 답을 얻었다면, 이번에는 다른 질문을 할 차례예요. '그 답을 찾기 위해 나는 무엇을 할 것인가' 하고요. 사실, 답은 찾지 않아도 좋아요. 어쩌면 정답은 없을지도 모르지요. 저는 당시 '더 늦기 전에 공부를 시작하자'는 답을 얻었고, 지금은 잘한 선택이라고 생각해요.

정답을 찾기 전에 내가 무엇을 좋아하고, 무엇이 되고 싶고, 무엇을 하고 싶은지 파악하는 것이 가장 중요하지 않을까 싶어요. 여러분이 '잡다한' 과목을 섭렵하는 까닭은 단순히 좋은 대학을 가기 위해서가 아니라, 어쩌면 그 꿈을 찾기 위해 미리 조금씩 맛보기 위한 것일지도 몰라요. 그것을 카페테리아처럼, 뷔페처럼 몽땅 음

미할 수 있는 시간은 지금뿐이고요.

저는 '18번 메뉴'를 문학 과목에서 찾았지요. 대학 역시 오로지 그 때문에 국문과를 택했으니까요. 친구들이 취업 준비 한다고 영어사전 볼 때, 저는 시 쓴다고 국어사전만 봤어요. 좋아하는 것에 몰두하고 노력하다 보니 더 큰 즐거움을 찾을 수 있었고 덕분에 시인이 되어서 내 삶을 글로 나눌 수도 있게 되었지요.

좋아하는 것을 하다가 한 번쯤은 꼴찌도 해 볼 일이에요. 단, 이 것만은 알아 두었으면 좋겠어요.

꿈을 찾기 위해 노력하는 꼴찌는, 또 다른 의미에서의 일등이라는 것을.

봄은 간다

밤이도다.
봄이다.

밤만도 애달픈데
봄만도 생각인데

날은 빠르다.
봄은 간다.

깊은 생각은 아득이는데
저 바람에 새가 슬피 운다.

검은 내 떠돈다.
종소리 빗긴다.

말도 없는 밤의 설움

소리 없는 봄의 가슴

꽃은 떨어진다.
님은 탄식한다.

　　　 "깊은 생각"이 많은 "밤"이면서도 "봄"인 어느 날, 화자는 "애달픈" 마음으로 "검은 내" 근처를 맴돌고 있어요. 도대체 무슨 사연이 있는 것일까요?

　"날은" 빨라서 "봄은" 훌쩍 가고 있습니다. 덧없이 흐르는 것만 같은 시간을 잡고 싶지만 잡을 수도 없지요. "저 바람에 새가 슬피" 울고요. "꽃은 떨어"지고, "님은 탄식"하지요.

　"소리 없는 봄"은 그렇게 "종소리"마저 비껴가서는, 내 가슴만 울려 놓고 사라지지요. "밤의 설움"은 서럽기만 한데 그것을 말할 수도 표현할 수도 없답니다.

　그 봄이 바로 여러분을 두드리고 있어요. 그 두드림으로 인해 싹이 솟고, 움이 틉니다. 그러니 생각만으로도 이렇게 아프고, 또 아플 수밖에 없지요.

　다시 오지 않을 시절, 많이 아프기에 지금이 봄이랍니다.

　새살이 돋는 소리가 들리네요.

　더 아파도 좋을 것 같아요.

귀천歸天

_천상병

나 하늘로 돌아가리라.
새벽빛 와 닿으면 스러지는
이슬 더불어 손에 손을 잡고,

나 하늘로 돌아가리라.
노을빛 함께 단둘이서
기슭에서 놀다가 구름 손짓하며는,

나 하늘로 돌아가리라.
아름다운 이 세상 소풍 끝내는 날,
가서, 아름다웠다라고 말하리라……

사람은 모두 죽습니다. 하지만 신기하게도 내 자신의 죽음에 대해 생각해 보면 막막하기만 할 뿐 이해조차 하기 힘들어요. 정말, 아직 죽어 본 적이 없으니 죽음에 대해 알 수 없는 건 당연하지요. 그렇기 때문에 어떤 이들은 영원히 살 것처럼 욕심을 부리고 상처를 주며 살아가지요.

가만히 생각해 보면, 인간은 모두 시한부랍니다. 그렇지요? 우리도 결국 언젠가는 눈을 감을 테니까요. '메멘토 모리memento mori'라는 말이 있습니다. 라틴어로 '죽음을 기억하자'라는 뜻이래요. 기억이라는 말이 '이미 있었던 일을 돌이켜 생각한다'는 뜻이라면 저 말은 어딘지 맞지 않는다는 생각도 듭니다. 하지만 전 시대 사람들의 죽음을 떠올리면 고개가 끄덕여지며 저 말이 이해가 됩니다. 아무리 높은 자리에 올랐던 사람이나, 아무리 화려하게 이름을 날린 사람, 아무리 많은 돈을 벌었던 사람, 아무리 많은 인기를 누렸던 사람도 결국 모두 죽었으니까요.

'귀천'은 하늘로 돌아간다는 뜻입니다. 천상병 시인은 여기에서 이 세상에서의 삶을 "소풍"으로 지칭합니다. 시인의 말처럼, 우리는 어쩌면 하늘에 속한 사람들일지 모른다는 생각도 듭니다. 모두 신의 아들딸인 셈이지요. 그만큼 소중하고 귀한 존재들인 우리는 이 세상을 잠시 즐기러 온 것이지요.

그렇기에 화자는 "새벽빛 와 닿으면 스러지는/ 이슬 더불어 손에 손을 잡고" 말합니다. "나 하늘로 돌아가리라"고. "노을빛 함께 단둘이서/ 기슭에서 놀다가 구름 손짓"하면, 그렇게 하늘로 돌아간다고 합니다.

이 세상을 "소풍"이라 지칭하고, 죽음을 "귀천"이라고 보는 것은, 시인이 그만큼 이 땅을 긍정적으로 생각하고 있다는 이야기입니다. 아무리 이곳에서의 삶이 괴롭고 아팠더라도, 아무리 힘들고 외로웠어도, 시인은 그 모든 것을 용서하고, 끌어안고, 보듬고, 또 긍정하는 것이지요.

그렇기에 죽음은 끝이 아니라 시작이고, 패배가 아닌 승리이며, 부정이 아닌 진정한 긍정입니다. 하여 눈을 감을 때 푸념하고 눈물 흘리는 게 아니라, "아름다운 이 세상 소풍 끝내는 날,/ 가서, 아름다웠다라고" 고백할 수 있는 것이지요.

천상병 시인은 1967년 '동백림 간첩단 사건'에 어이없게 연루되어 중앙정보부에 끌려간 적이 있습니다. 시인은 그때 반년 가까이 온갖 고문을 당하며 옥고를 치른 탓에 몸이 망가져 평생 후유증에 시달리게 되지요. 한번은 시인이 사라져서 동료 문인들이 죽은 줄 알고 유고 시집까지 냈지만, 알고 보니 그는 행려병자로 오인되어 정신병원에 수용되어 있었답니다.

그럼에도 시인은 여생을 아무런 분노나 원한, 사욕 없이 천진난만하게 살다가 1993년에 마침내 소풍을 끝내고 하늘로 돌아갑니다. 다른 이들이 볼 때는 한없이 괴롭다 여길 그 삶을 "소풍"이라 말할 수 있다니요. 천상병 시인은 천상, 천상天上의 시인이었던 것입니다.

그렇습니다. 죽음을 생각하면 지금 삶 앞에 한없이 경건해집니다. 지금 곁에 있는 사람들이, 그리고 나 자신이 한없이 소중해집니다. 하루하루가 더없이 귀하고 감사합니다. 지금, 이 순간을 긍정하게 됩니다. 다시금 엉덩이에 묻은 흙을 툭툭 털고 일어나게 됩니다.

어떤가요? 오늘 가만히 나만의 장례식을 열어 보는 것은?

여기, 흰 머리의 내가 누워 있습니다. 눈을 감은 내 표정은 편안해 보이나요? 나는 어떤 사람이었나요? 그리고 어떤 삶을 살았나요? 어떤 업적을 남겼고, 또 어떤 사랑을 나누어 주었나요? 또 주변에는 어떤 사람들이 울고 있나요? 누가, 왜 슬퍼하고 있나요? 사람들은 나를 어떻게 기억하고 있나요?

그리고, 묘비명에는 어떤 문구가 적혀 있나요?

자화상

_윤동주

산모퉁이를 돌아 논가 외딴 우물을 홀로 찾아가선 가만히 들여다봅니다.

우물 속에는 달이 밝고 구름이 흐르고 하늘이 펼치고 파아란 바람이 불고 가을이 있습니다.

그리고 한 사나이가 있습니다.
어쩐지 그 사나이가 미워져 돌아갑니다.

돌아가다 생각하니 그 사나이가 가엾어집니다.
도로 가 들여다보니 사나이는 그대로 있습니다.

다시 그 사나이가 미워져 돌아갑니다.
돌아가다 생각하니 그 사나이가 그리워집니다.

우물 속에는 달이 밝고 구름이 흐르고 하늘이 펼치고 파아란 바람이 불고 가을이 있고 추억처럼 사나이가 있습니다.

　　　사춘기 때는 가만히 거울을 들여다보고 있
으면 하나부터 열까지 마음에 들지 않았습니다. 꼬불거리는 고수
머리부터 툭 튀어나온 입술, 까만 피부. 어쩌다 여학교 앞을 지날
때면 고개를 푹 숙이고 가기도 하였지요.

　딱히 내세울 만한 무엇이 없으니, 오로지 겉모습만으로 사람을
판단해서 그랬나 봅니다. 그 기준으로 제 자신을 돌아보니 더 마음
에 들지 않았던 것이지요.

　자화상은 자기 자신의 모습을 담은 그림입니다. 이 시에서도 화
자는 "외딴 우물"을 통해 자신의 모습을 들여다봅니다. 우물 속에는
하늘도 있고, 달도 있고, 바람도 불고, 가을도 있습니다. 그리고 그
속에 "한 사나이"가 있습니다. 하지만 나는 "어쩐지 그 사나이가 미
워져" 돌아가 버립니다.

　여러분도 아무런 이유 없이 자기 자신이 미워진 적이 있지요?
왜 나는 이런 모습일까, 왜 나는 성적이 이 모양일까, 왜 우리 집안
은 별로일까, 왜 나는 키가 작나 등등. 뒤늦게 이유를 갖다 붙여 스
스로를 더 매도하기도 합니다.

하지만 다시 생각해 보면 그럴수록 비참해지는 건 나 자신입니다. 그렇게 생각하면 할수록 내가 더 작아지거든요.

거울을 다시 봐도 내 모습은 그대로입니다. 달라진 건 없지요. 스스로를 바라보는 마음가짐, 즉 건강한 자아상이 중요한 것입니다. "돌아가다 생각하니 그 사나이가 가엾어"져서, 사나이는 다시 돌아가서 우물을 들여다봅니다. 사나이는 하늘과 구름과 달과 바람과 가을이 "우물 속"에 그려 놓은 "자화상"을 통해 비로소 나 자신에게 한 걸음 더 다가가지요.

그러다가도 "다시 그 사나이가 미워져 돌아"가는가 싶더니, "그 사나이가 그리워"져 또 우물 앞에 섭니다. 그리고 그 속에는 "추억처럼 사나이가" 서 있습니다.

사나이는 이런 과정을 반복하며 성장합니다. 마음이 자라면서 내 안에 남아 있는 이전의 모습이 "추억처럼" 보이는 것이지요. 중요한 것은 그럼에도 나 자신을 포기하지 않고 보고 또 보면서 사유하고, 반성하는 일입니다.

내 모습이 싫고, 내 자신이 밉다면, 그럴수록 더 멋있는 나로 거듭나기 위해 똑바로 나를 봐야 합니다. 내 자신을 있는 그대로 바라볼 수 있어야 한다는 것이지요. 여기에는 왕자병도, 열등감도 없어야 합니다.

바로 거기서부터 시작입니다. 아무리 힘든 상황에 처해 있더라도, 아무리 내가 주위 사람들이나 자신을 실망시켰어도, 다음번에 보완해서 더 잘하면 그만입니다. 실수했다고 내가 영영 그런 모습으로 머무는 것이 아닙니다. 그럴수록 "우물 속"으로 돌아가 자신을 보고 또 보아야 합니다. 사나이는 "추억처럼" 그 자리에 서 있을 테니까요.

자화상은 내 자신이 그리는 그림이라는 것을, 그리고 그것을 통해 사람들은 나를 들여다본다는 것을 잊지 마세요. 가장 중요한 것은 나 자신을 사랑하는 일입니다. 내가 나를 사랑한다면 누구도 나에게 상처를 줄 수 없습니다.

그 권리를, 그 사랑의 특권을 다른 사람에게 함부로 넘겨주지 마세요. 더 자신을 사랑하세요. 그러면서도 사나이처럼 돌아보고 또 돌아보세요. 반성하고 또 반성하세요.

그럴 수 있다면 당신은 어느 순간 정말 그림 같은, 아니 그림 이상의 수선화 같은 사람이 되어 있을 테니까요.

단, 나르시스처럼 자기를 너무 사랑해서 물에 빠지는 비극은 피할 수 있도록 할 것!

생명

_김남조

생명은
추운 몸으로 온다
벌거벗고 언땅에 꽂혀 자라는
초록의 겨울보리,
생명의 어머니도 먼 곳
추운 몸으로 온다

진실도
부서지고 불에 타면서 온다
버려지고 피흘리면서 온다

겨울나무들을 보라
추위의 면도날로 제몸을 다듬는다
잎은 떨어져 먼날의 섭리에 불려 가고
줄기는 이렇듯이
충전 부싯돌임을 보라

금가고 일그러진 걸 사랑할 줄 모르는 이는
친구가 아니다
상한 살을 헤집고 입맞출 줄 모르는 이는
친구가 아니다

생명은
추운 몸으로 온다
열 두 대문 다 지나온 추위로
하얗게 드러눕는
함박눈 눈송이로 온다

"생명은/ 추운 몸으로" 온다고 해요. 지금, 춥고 힘들다면 오히려 축하할 일이에요. 지금, 상처받고 외롭다면 역시 감사할 일이에요.

"생명의 어머니도 먼 곳/ 추운 몸으로" 왔고, "진실도/ 부서지고/ 불에 타면서" 또 "버려지고 피흘리면서" 오니까요. 마침내 그것들이 봄을 빚어내고 꽃을 피우니까요.

그렇기 때문에 겨울나무들은 "추위의 면도날로 제몸을 다듬"고, "줄기는 이렇듯이/ 충전 부싯돌"처럼 혹한 속에서도 제 몸을 격려하고 열정을 불태우는 것이지요.

그렇게 힘든 시련을 통해 봄을 맞은 사람만이 아낌없이 주는 나무처럼 진정 다른 이를 사랑할 수 있고 위로할 수 있지요. 큰 나무처럼 모두에게 친구가 될 수 있어요. "금가고 일그러진 걸 사랑할 줄" 알게 된 것이고, "상한 살을 헤집고 입맞출 줄" 알게 되었으니까요.

지금 너무 추워서 마음이 아리다면, 참다 참다 너무 힘들다면 실컷 울어도 좋아요. 눈물은 고드름이 되고, 고드름은 또 다른 가지가, 줄기가 되겠지요. 새순이 되고 마디가 되겠지요.

저는 남학생이랍시고 괜히 아무렇지 않은 척, 하나도 아프지 않은 척 하다가 상처가 덧나고 덧났어요. 처음엔 멀쩡한 척 아무 말도 하지 않았지만, 마음이 하나둘씩 동상에 걸리기 시작했어요. 그러더니 썩어 갔고요. 나중에는 주체하지 못해 폭발하거나 아예 입을 꾹 닫은 적도 많았답니다. 그게 공부에 영향을 미쳤고, 친구들에게도 가족들에게도 부작용을 일으켰지요.

"생명은/ 추운 몸으로" 온대요. "열 두 대문 다 지나온 추위로/ 하얗게 드러눕는/ 함박눈 눈송이로" 온대요. 여러분은 생명이에요. 그리고 지금 큰 나무로 자라고 있지요. 그러니 힘이 들고 지칠 때는, '나는 지금 성장통을 앓고 있구나' 하고 생각해요. 그리고 때로는 그 "함박눈 눈송이"를 맞으며, 엉엉 울어도 볼 일이에요. 아프면 아프다 소리도 치고, 발버둥 치며 어리광도 실컷 부려 볼 일이에요.

하늘도 '함박' 하얀 눈물을 쏟는데, 뭐 어떤가요? 나는 지금 "추위의 면도날로 제몸을 다듬"으며 성장하고 있는 걸요.

설일

_김남조

겨울나무와
바람
머리채 긴 바람들은 투명한 빨래처럼
진종일 가지 끝에 걸려
나무도 바람도
혼자가 아닌게 된다

혼자는 아니다
누구도 혼자는 아니다
나도 아니다
하늘 아래 외톨이로 서보는 날도
하늘만은 함께 있어주지 않던가

삶은 언제나
은총의 돌층계의 어디쯤이다
사랑도 매양

섭리의 자갈밭의 어디쯤이다

이적진 말로써 풀던 마음
말없이 삭이고
얼마 더 너그러워져서 이 생명을 살자
황송한 축연이라 알고
한 세상을 누리자

새해의 눈시울이
순수의 얼음꽃, 승천한 눈물들이
다시 땅 위에 떨구이는
백설을 담고 온다

세상 속에서 나만 혼자라는 생각이 들 때가 있습니다. 믿었던 사람이 내게 등을 돌릴 때는 슬픔과 외로움이 더해집니다. 하지만 고독 속에서 진정한 성찰은 시작되지요. 사람으로 인해 보지 못했던 세계의 다양성과, 사물이 주는 또 다른 시선과 깨달음이 비로소 내게 손을 내밉니다.

하여 시인은 말합니다. "혼자는 아니다/ 누구도 혼자는 아니다"라고 말입니다. 실상 "하늘 아래 외톨이"로 살아갈지라도 "하늘만은 함께 있어주지 않던가" 되묻습니다. 그제야 비로소 하늘을 올려다봅니다. 그렇습니다. 밤하늘의 별들이, 은하수가, 별똥별이, 그윽하게 나를 바라보는 달이 그 자리에 있습니다.

그 순간 하늘도, 나도, 그리고 "나무도 바람도/ 혼자가 아닌게" 됩니다. 서로가 서로에게 비로소 힘이 되고 위로가 되는 순간, 작은 깨달음이 연이어 찾아옵니다. "삶은 언제나/ 은총의 돌층계의 어디쯤"인 것을 발견합니다. 결국 살아가는 것 자체가 하늘로부터 받은 선물이자 은총이지요.

"사랑도 매양/ 섭리의 자갈밭의 어디쯤"입니다. 내가 주는 사랑도,

받는 사랑도 모두 하늘이 계획한 그대로 차고 넘치기 마련입니다.

시인은 새해에 내리는 눈을 보며 마음을 다잡습니다. "얼마 더 너그러워져서 이 생명을 살자"고, "황송한 축연이라 알고/ 한 세상을 누리자"고. 바로 하늘이, 신이 언제나 내 곁에 있으니 좀 더 기뻐하고, 감사하자고.

그렇습니다. 어찌 보면 대자연의 섭리 속에서 인간과 인간의 일들은 얼마나 작은지 모릅니다. 그럼에도 신은 우리에게 "순수의 얼음꽃"을 내려보냅니다. 마치 인간에게 데이트 신청을 하려고 엽서를 띄우듯, 마치 내가 슬픔과 외로움 속에서 하늘로 띄운 "승천한 눈물"에 화답이라도 하듯이, 흰 눈이, 다른 누구도 아닌 나에게 내립니다.

너무 외롭다면 오히려 잘된 일인지도 모르겠습니다. 철저한 고독 속에서 이전에는 보지 못한 것들에 관심을 갖게 되고, 이전에는 듣지 못했던 것들에 귀를 기울일 수 있기 때문이지요. 그 속에서 진정한 나 자신을 돌아보고, 되찾을 수 있기 때문이지요.

위대한 인물일수록 혼자 지내는 시간을 더 귀하게 여겼다고 합

니다. 어떤 이들은 아예 일부러 고독을 위해 깊은 산을 찾아 들어
가서는 깨달음을 얻고 나왔다고도 하지요.

어떤가요? 오늘은 외로운 마음을 다른 무엇으로 채우려 하지
말고, 그저 가만히 내 마음에서 들려오는 목소리에 귀를 대 보는
것은? 그리고 혼자 언덕길, 혹은 바닷길을 걸으며 신과 데이트를
해 보는 것은?

혹시 아나요? 그 순간, 당신은 이미 신의 아들딸이 되어 있을지
도. 하여 더 큰 세계를 바라보고, 꿈꾸고, 품게 될지도.

마음이 허전한 까닭은 그만큼 내 마음이 커졌기 때문이랍니다.

꿈을 위해서 자신을 불태우다 보면,

어느 순간 정말 하얗게 타버린다는 느낌이 들 때가 있습니다.

그것을 향해 가는 순간 자체로 큰 희열을 느끼게 되는 것이지요.

하지만 그 꿈의 항로에 다른 사람을 위한 계획도 들어 있다면 더할 나위 없이 좋겠지요.

닿을 수 없는 저 하늘의
별을 따고픈 열망

바퀴벌레는 진화 중

_김기택

믿을 수 없다, 저것들도 먼지와 수분으로 된 사람 같은 생물이란 것을. 그렇지 않고서야 어찌 시멘트와 살충제 속에서만 살면서도 저렇게 비대해질 수 있단 말인가. 살덩이를 녹이는 살충제를 어떻게 가는 혈관으로 흘려보내며 딱딱하고 거친 시멘트를 똥으로 바꿀 수 있단 말인가. 입을 벌릴 수밖엔 없다, 쇳덩이의 근육에서나 보이는 저 고감도의 민첩성과 기동력 앞에서는.

사람들이 최초로 시멘트를 만들어 집을 짓고 살기 전, 많은 벌레들을 씨까지 일시에 죽이는 독약을 만들어 뿌리기 전, 저것들은 어디에 살고 있었을까. 흙과 나무, 내와 강, 그 어디에 숨어서 흙이 시멘트가 되고 다시 집이 되기를, 물이 살충제가 되고 다시 먹이가 되기를 기다리고 있었을까. 빙하기, 그 세월의 두꺼운 얼음 속 어디에 수만 년 썩지 않을 금속의 씨를 감추어가지고 있었을까.

로보트처럼, 정말로 철판을 온몸에 두른 벌레들이 나올지 몰

라. 금속과 금속 사이를 뚫고 들어가 살면서 철판을 왕성하게 소화시키고 수억 톤의 중금속 폐기물을 배설하면서 불쑥불쑥 자라는 잘 진화된 신형 바퀴벌레가 나올지 몰라. 보이지 않는 빙하기, 그 두껍고 차가운 강철의 살결 속에 씨를 감추어둔 채 때가 이르기를 기다리고 있을지 몰라. 아직은 암회색 스모그가 그래도 맑고 희고, 폐수가 너무 깨끗한 까닭에 숨을 쉴 수가 없어 움직이지 못하고 눈만 뜬 채 잠들어 있는지 몰라.

이 시는 읽기만 해도 그냥 재미있습니다. 어쩌면 바퀴벌레의 생태를 이렇게 생생하게 표현해 낼 수 있을까요. 하지만 가만히 읽다 보면 바퀴벌레를 통해 참으로 많은 것들을 느낄 수 있습니다.

시인은 "시멘트와 살충제 속에서만 살면서도 저렇게 비대해"진 바퀴벌레를 보며 감탄합니다. 그리고 "살덩이를 녹이는 살충제를 어떻게 가는 혈관으로 흘려보내며 딱딱하고 거친 시멘트를 똥으로" 바꾸었는지 놀라워합니다.

가만히 생각해 보면 한편으로는 바퀴벌레의 생명력을 찬양하는 것 같다가도, 슬그머니 살충제나 시멘트 등을 마구 사용하면서 자연을 말살해 온 인간의 모습들이 역으로 눈에 보이는 것 같습니다.

시인은 아예 한 발 더 나아가 "로보트처럼, 정말로 철판을 온몸에 두른 벌레들이 나올지" 모른다고 엄살을 부립니다. "금속과 금속 사이를 뚫고 들어가 살면서 철판을 왕성하게 소화"시키는 "신형 바퀴벌레"가 나올지도 모른다며 설레발을 칩니다.

하지만 바퀴벌레가 그렇게 진화하는 까닭은 그것의 놀라운 생존

능력 때문만은 아닙니다. 오히려 무분별하게 환경을 파괴하고 생태계를 교란해서 바퀴벌레들이 끊임없이 살아남게 하는 인간들 때문이지요. 이쯤 되면 시인의 엄살은, 엄살이 아니라 예언이 되는 셈입니다.

김기택 시인은 그러면서 마지막으로 경고합니다. "아직은 암회색 스모그가 그래도 맑고 희고, 폐수가 너무 깨끗한 까닭에 숨을 쉴 수가 없어" 그 '최종병기' 바퀴벌레가 나타나지 않는 것일지도 모른다고. 지금도 심각하지만, 최종 보스가 나올 상황을 생각하면 지금은 차라리 행복한 경우라고. 그러니까 환경을 보존할 기회는 지금이 마지막이라고. 어서, 서둘러 지구를 지키라고 말입니다.

정작, 처음부터 끝까지 바퀴벌레 이야기만 재미있게 들려주면서도 하고 싶은 이야기를 뼛속에 담아 독자들에게 전달하는 시인의 솜씨가 놀랍습니다. 이런 것이 바로 시를 읽는 즐거움이라고도 할 수 있지요.

그렇습니다. 시는 세상을 전혀 다른 관점에서 바라보게 합니다. 바퀴벌레와 환경문제는 서로 어울리지 않아 보입니다. 환경문제 하면 오염된 폐수나 변종 생물의 이야기가 더 그럴싸해 보이지요. 그렇지만 역설적으로, 이 시에서는 그것들이 어우러져 환경파괴의 심각성을 더 생생하게 보여 줍니다.

세상을 이렇게 다른 시각으로, 낯설게 바라보는 연습을 하면 할수록, 세상은 우리에게 더 가까이 다가옵니다. 그리고 우리는 세상을 더 구체적으로 만지고 체험할 수 있는 것이지요. 그뿐 아니라 자신의 생각을 사람들에게 더 효과적으로 전달할 수도 있습니다.

그 때문에 엉뚱한 사람들이 더 다양하고 더 큰 업적을 많이 남겼는지도 모르겠습니다. 가끔은 세상을, 그리고 현실을 좀 더 낯설고 새롭게, 다른 시각에서 바라보는 건 어떨까요?

그럴수록 세상은 더 많이 우리에게 손을 내밀 테니까요.

세상은 생각보다 훨씬 재미있고 다채롭답니다.

야채사野菜史

_김경미

고구마, 가지 같은 야채들도 애초에는
꽃이었다 한다
잎이나 줄기가 유독 인간의 입에 달디단 바람에
꽃에서 야채가 되었다 한다
달지 않았으면 오늘날 호박이며 양파들도
장미꽃처럼 꽃가게를 채우고 세레나데가 되고
검은 영정 앞 국화꽃 대신 감자 수북했겠다

사막도 애초에는 오아시스였다고 한다
아니 오아시스가 원래 사막이었다던가
그게 아니라 낙타가 원래는 사람이었다고 한다
사람이 원래 낙타였는데 팔다리가 워낙 맛있다보니
사람이 되었다는 학설도 있다

여하튼 당신도 애초에는 나였다
내가 원래 당신에게서 갈라져나왔든가

야채들을 가만히 들여다보면 참 신기하다는 생각이 듭니다. 저것들도 하나의 생명인데 땅속에 붙박여 있는 것이 한편으론 답답해 보이면서도, 그럼에도 꿋꿋이 자라나는 것을 보면 참 대견합니다.

자연과 땅의 정기를 그득 머금은 야채들이 몸속에 들어가면 신기하게도 내가 자연의 일부가 된 것처럼 느껴질 때도 있습니다. 야채를 먹는 순간 야채가 자랐던 땅의 향취와, 야채가 품었던 씨앗의 숨결이 고스란히 내 안에 들어오기 때문입니다.

'야채들의 역사'라는 의미의 제목을 가진 이 시에서도 그런 야채들과의 인연을 이야기합니다. "고구마, 가지 같은 야채들도 애초에는/ 꽃이었다" 합니다. 그렇지요? 그것들 또한 저마다 꽃을 가지고 있으니까요. 그리고 우리가 따 먹는 것은 그 꽃이나 나무의 열매가 될 테니까요.

하지만 그것들이 꽃에 머물지 않고 야채로 거듭난 까닭은 인간 때문입니다. "유독 인간의 입에 달디단 바람에/ 꽃에서 야채"로 불리면서 사람들에게 자주 따 먹히게 된 것이지요. 만약 인간의 입에 맞지 않았다면 "오늘날 호박이며 양파들도/ 장미꽃처럼 꽃가게를 채우고 세레나데가" 되었을지 모릅니다. "검은 영정 앞 국화꽃 대신 감자 수북"했을지 모릅니다. 야채와 사람의 인연은 이렇듯 특별합니다. 서로가 있기 때문에 또 다른 모습으로 거듭날 수 있었고, 서로에게 의미 있는 존재가 된 것이지요. 우리는 모두 이렇게 연결된 존재입니다. 또한 나도 다른 생명이나 사람의 일부가 될 수도 있어요. 야채의 역사를 되짚어 보니 그런 깨달음이 찾아오네요.

시인은 한 걸음 더 나아가 사막과 오아시스의 이야기를 들려줍니다. 같은 맥락으로 "사막도 애초에는 오아시스였다고" 합니다. "아니 오아시스가 원래 사막이었다"고도 합니다. 중요한 것은 반대되는 모습을 지닌 두 존재도, 결국은 서로 연결되어 있고 어느 한쪽이 없다면 온전히 생존하기 어렵다는 것입니다. 그뿐 아니라 낙타와 사람도 마찬가지라고 하며 "낙타가 원래는 사람이었다고" 합니다. "사람이 원래 낙타였는데 팔다리가 워낙 맛있다보니/ 사람이 되었다는 학설도 있다"면서 슬쩍 오버(?)하기도 합니다.

언뜻 보면 말이 안 되는 것 같아도, 앞에서 "인간의 입에 달디
단 바람에/ 꽃에서 야채가 되었다"고 한 말을 떠올려 보면 쉽게 이
해가 됩니다. 어떤 꽃들은 사람과 인연이 각별하여 야채가 되었듯
이, 낙타 또한 사람과 떼려야 뗄 수 없는 존재이기 때문에 사람이
되거나, 거꾸로 사람이 낙타가 될 수도 있었다는 이야기지요.

그러면서 시인은 마지막으로 우리가 모두 연결되어 있다는 것
을 다시 한 번 강조합니다. "여하튼 당신도 애초에는 나였다/ 내가
원래 당신에게서 갈라져나왔든가"라면서요. 생각해 보면 우리는
결국 한 몸이었던 것입니다.

인간에 얽힌 야채들의 이야기를 통해 사막과 오아시스, 낙타와
사람, 종내는 사람과 사람까지 모두 '한 뿌리'로 묶어서 '시의 텃
밭'에 심어 내는 시인의 사유가 놀랍습니다. 하지만 그 덕분에 우
리는 야채를 통해 큰 깨달음을 얻게 되었지요.

그렇습니다. 따지고 보면 우리는 이렇게 서로 연결된 존재입니
다. 인연이라는 것이 신기하지요. 옷깃만 스쳐도 인연이라잖아요.
주변 사람들은 말할 것도 없고, 그저 알고 있다는 것만으로도 서

로에게 감사할 필요가 있을 것 같아요. 그렇게 생각을 넓혀 가다 보면 '지구촌'이 좁다는 것도 느껴질 것입니다. 나라와 민족, 피부색과 역사를 떠나 우리는 모두 인간이기 때문이지요. 인간이기 때문에 결국 하나의 몸이고, 피땀이 흐르는 같은 존재랍니다.

하지만 오늘날 세계는 너무도 많이 분열되어 있고, 너무도 많은 전쟁과 반목 속에서 사람들은 굶주리고, 피 흘리며 죽어 가고 있지요.

가끔은 용돈을 아껴 장바구니에 양을 담아 보는 것은 어떨까요? 우물을 담아도 좋겠습니다. 학용품이나 식용품, 혹은 작은 생필품이라도 좋을 것 같아요. 나에겐 군것질 한 번 하면 사라질 크지 않은 돈이지만, 지구의 반대편에 사는 아이는 그것으로 인해 상처를 치유하며 생명을 건질 수 있고, 새로운 꿈과 희망을 얻게 될 수도 있으니까요.

남을 돌보고, 크게 멀리 보고, 꿈을 키워 가면 좋겠어요.

지구를 구할 정도는 되어야 하지 않겠어요?

똥구멍으로 시를 읽다

_고영민

겨울산을 오르다 갑자기 똥이 마려워
배낭 속 휴지를 찾으니 없다
휴지가 될 만한 종이라곤
들고 온 신작시집 한 권이 전부
다른 계절 같으면 잎새가 지천의 휴지이련만
그런 궁여지책도 이 계절의 산은
허락지 않는다
할 수 없이 들려온 시집의 낱장을
무례하게도 찢는다
무릎까지 바지를 내리고 산중턱에 걸터앉아
그분의 시를 정성껏 읽는다
읽은 시를 천천히 손아귀로 구긴다
구기고, 구기고, 구긴다
이 낱장의 종이가 한 시인을 버리고,
한 권 시집을 버리고, 자신이 시였음을 버리고
머물던 자신의 페이지마저 버려

온전히 한 장 휴지일 때까지

무참히 구기고, 구기고, 구긴다

펼쳐보니 나를 훑고 지나가도 아프지 않을 만큼

결이 부들부들해져 있다

한 장 종이가 내 밑을 천천히 지나간다

아, 부드럽게 읽힌다

다시 반으로 접어 읽고,

또다시 반으로 접어 읽는다

해우소에서 힘을 쓰다 보면, 어느 순간 몸이 가벼워지는 걸 느낍니다. 먹고 마셨던 것들이 입에서부터 항문까지 지나가는 게 또 신기해서 한참 내 몸에 대해 생각해 보기도 합니다. 몸이 비워지면, 마음도 비워집니다.

이 시에서도 시인은 "겨울산을 오르다 갑자기 똥이 마려워" 휴지를 뒤집니다. 하지만 휴지는 없고, 애꿎은 시집이 전부입니다. 이럴 때 여러분이라면 어떻게 하실 건가요? 시집뿐 아니라 어떤 책이라도 종이가 될 만한 것은 찢어서 사용하겠지요. 하지만 시인이라면 시집을 찢어 쓴다는 것은, 자기 자신의 시든, 남의 시집이든, 시에 대한 모독일 수 있으니 조심스럽기만 합니다.

계절은 하필 잎사귀 하나 없는 겨울입니다. 겨울산은 "궁여지책"을 허락하지 않고, 찬바람 속에서 선택을 요구합니다. 결국 시인은 시집을 찢기로 합니다. 하지만 너무도 소중한 시를 그냥 버리기 아까워 먼저 "그분의 시를 정성껏" 읽습니다.

그 모습 자체가 재미있지 않나요? 하지만 어떻게 보면 시인은 자신이 참으로 한심하고 민망하게 느껴질지도 모르겠습니다. 시인은 다시 "읽은 시를 천천히 손아귀"로 구겨서 몸을 닦습니다.

시는 철저히 "자신이 시였음을 버리고" 또 버립니다. 순번이 적힌 "자신의 페이지마저" 버리고, "온전히 한 장 휴지일 때까지" 접히고, 접히고, 또 접힙니다. 그제야 시는 "나를 훑고 지나가도 아프지 않을 만큼/ 결이 부들부들해져" 있습니다.

시인은 비로소 온몸으로 시를 읽습니다. "부드럽게" 읽히는 그 시를, 다시 맨몸으로 "접어 읽고" 또 "반으로 접어" 읽습니다. 시인은 그 "낱장의 종이" 덕분에 시는 어떠해야 하는지, 시는 어떻게 써야 하는지를 절실하게 느낀 셈이지요.

그 누구보다 낮은 자리에서 그 어느 곳보다 춥고 열악한 자리에서도, 제 한 몸 구기고 또 구겨서 읽는 이의 찌꺼기 같은 마음을 "부드럽게" 닦아 줄 수 있는 글, 그것이 바로 시라는 것을 깨닫습니다.

시인은 아마도 바지춤을 추스르며, 자신도 이렇게 "낱장의 종이" 같은 시인이 되어야겠다고 다짐했을지 모릅니다. 나의 시 한 구절, 한 구절이 사람의 마음을 울리고, 맑게 해 주기를 바랐을지도 모릅니다. 그러려면 자기 자신을 지금보다 구기고, 또 구겨야 하겠지요.

해우소解憂所는 사찰에서 화장실을 일컬을 때 쓰는 말입니다. 근심을 푸는 곳이라는 뜻이지요. 답답할 일도, 어려울 것도 하나 없습니다. 그저 똥을 싸듯, 마음의 번뇌를 천천히 쏟아 내면 그만입니다.

배 속에 찬 똥과, 머릿속에 가득한 생각과 다를 게 무엇이 있을까요? 똥을 참으면 배탈이 나듯이, 생각을 잔뜩 머릿속에 품고 있으면 정신에도 탈이 납니다.

생각을 아무리 떨치려고 해도 사라지지 않는다고요? 그럴 때는 다른 일에 빠져드는 것도 좋습니다. 아예 잠을 푹 자거나, 운동을 하며 땀을 쏟거나, 공포 영화를 보며 생각할 틈을 주지 않거나, 산책을 하며 맑은 공기를 마시는 것도 좋지요.

생각도 내려놓으면 얼마든지 사라진답니다. 똥을 싸듯, 잡념도 정기적으로 비워 주어야 합니다. 그런 의미에서 해우소는 명상의 장소지요.

오늘 한번 화장실에서 명상을 해 보면 어떨까요?

물을 내리면 잡념도 사라지고 없을 것입니다.

파장罷場

_신경림

못난 놈들은 서로 얼굴만 봐도 흥겹다
이발소 앞에 서서 참외를 깎고
목로에 앉아 막걸리를 들이키면
모두들 한결같이 친구 같은 얼굴들
호남의 가뭄 얘기 조합빚 얘기
약장수 기타소리에 발장단을 치다 보면
왜 이렇게 자꾸만 서울이 그리워지나
어디를 들어가 섰다라도 벌일까
주머니를 털어 색싯집에라도 갈까
학교 마당에들 모여 소주에 오징어를 찢다
어느새 긴 여름해도 저물어
고무신 한 켤레 또는 조기 한 마리 들고
달이 환한 마찻길을 절뚝이는 파장

작년 가을, 고등학교 때 친구들을 만나 동해 바다에 갔습니다. 삼척 부근의 촛대바위 앞에서 떠오르는 아침 해를 기다리며 참 많은 이야기를 나누었어요. 고등학교 시절 이야기, 대학 이야기, 군대 이야기, 그리고 결혼을 앞둔 친구들 이야기 등등.

마침내 아침 해가 바다를 가르며 떠올랐습니다. 그리고 그 해가 촛대바위에 걸리니 정말로 촛불이 켜진 것 같았어요. 그 순간 한 친구가 말했지요. 그러고 보니 우리가 열일곱 살 때 처음 만났는데, 벌써 그 두 배가 지난 서른넷이 되었다고. 시간이 너무 빨리 지나갔다고. 이대로 열일곱이 또 한 번 지나면 우린 쉰한 살이 되는 거냐고.

그 이야기를 듣고 보니 가슴 한쪽이 시려 왔습니다. 열일곱 살 때는 서른이 되면 모든 것을 다 이룰 줄 알았거든요. 그 때 꿈꾸었던 모습대로 살고 있을 줄 알았습니다. 그런데 서른넷의 우리는 여전히 열일곱이었어요.

하지만 한편으로는 그래서 친구들이 더 소중했습니다. 생각해 보니, 학창 시절에 만난 친구들 외에 사회에서 만난 친구들은 내 곁에 그리 많이 남아 있지 않았거든요. 시간이 지날수록 학교 친구들이 더 애틋하고 소중해지는 까닭도 마찬가지일 거예요.

벌써 "못난 놈들은 서로 얼굴만 봐도 흥겹다"는 문장 하나로 이 시는 모든 이야기와 감동을 전하고 있습니다. 너무도 유명한 구절이고, 또 많은 이들에게 공감을 준 문구랍니다. 그렇지요? 생김새는 비록 가지각색이지만, 무언가 함께하고, 또 같이 있다는 것 그 자체만으로도 웃음이 나는 친구. 무슨 일을 해도 "모두들 한결같이 친구 같은 얼굴들", 친구는 그런 존재인가 봅니다.

또한 친구끼리는 하지 못할 이야기가 없지요. "호남의 가뭄 얘기"부터 "빚 얘기"까지, "기타소리에 발장단을 치다 보면" 촌놈들은 "자꾸만 서울이 그리워"집니다. 비록 농촌의 현실은 여러 가지로 어렵지만, 고단한 가운데서도 친구들은 희망을 잃지 않습니다.

"어느새 긴 여름해도 저물어/ 고무신 한 켤레 또는 조기 한 마리 들고/ 달이 환한 마찻길을" 절뚝거리며 돌아갑니다. 장은 끝났습니다. 친구들과의 수다도 정리할 시간입니다. 그제야 각자 가족들에게 줄 반찬거리나 생필품을 사들고 지친 몸을 이끌며 돌아가지요.

그런데 집에 가는 친구의 뒷모습을 본 적이 있나요? 한참 웃고 떠들다가도 집에 갈 때 돌아서서 걷는 친구의 뒷모습을 보면, 왠지 모르게 쓸쓸하고 힘들게 느껴질 때가 많습니다. 그건 나 자신도 마찬가지일 거예요.

그렇지만 친구들끼리 있을 때는 그런 마음의 그림자들이 가볍게 느껴집니다. 왁자지껄한 웃음이 서로의 마음을 환하게 비춰 주기 때문이지요. 그런 관계는 학교를 졸업하고 어른이 되어 가면서 더 찾기 어려워집니다.

지금 사귀는 친구들이 평생 친구랍니다. 시간이 지날수록 더 애틋해지는 것은 물론이고요. 혹 그런 친구가 없다면 지금도 늦지 않았어요. 먼저 손을 내밀면 됩니다. 나이를 먹을수록 그런 친구야말로 내게 큰 힘이고 재산입니다. 함께 삶을 걷는 동반자이자 힘들 때 기댈 수 있는 버팀목이지요.

그런 친구를 얻기 위해서는 두말할 필요 없이 나부터 좋은 친구가 되어 주어야 해요. 결국은 더 많이 주고 더 많은 사랑을 나누는 사람이, 더 많은 것을 돌려받게 되어 있답니다.

찬찬히 떠올려 보세요. 머릿속에 떠오르는 한 사람, 보이지요? 어서 그 친구에게 가서 떡볶이 먹으러 가자고 하세요. 이왕이면 치즈떡볶이는 어떨까요? 즉석떡볶이는?

친구와 나눠 먹는 떡볶이는 생각만 해도 벌써 군침이 도네요. 평생 친구는 대부분 10대 때 생기는 것 같아요. 그런 면에서 저는 여러분이 너무 부럽습니다.

피아노

_전봉건

피아노에 앉은
여자의 두 손에서는
끊임없이
열 마리씩
스무 마리씩
신선한 물고기가
튀는 빛의 꼬리를 물고
쏟아진다.

나는 바다로 가서
가장 신나게 시퍼런
파도의 칼날 하나를
집어 들었다.

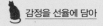

고등학교 때 삼촌한테 기타를 선물로 받았어
요. 그때부터는 힘들고 답답할 때마다 창문을 열어 놓고 기타를
쳤지요. 기타 줄을 퉁기다 보면 답답하고 괴로운 마음도 기타 소
리와 함께 날아가 버렸지요. 한참 빠져 있다 보면 내가 왜 기분이
상했는지도 잊어버리고 말았답니다.

이 시에서 화자는 피아노 치는 여자를 생생하게 묘사하고 있어
요. 화자 자신이 그 여자일 수도 있지요. 피아노를 치는 "여자의 두
손에서" 계속 "열 마리씩/ 스무 마리씩/ 신선한 물고기가/ 튀는 빛
의 꼬리를 물고/ 쏟아"지고 있어요.

피아노 치는 여자의 현란한 손놀림과 함께 아름다운 피아노 선
율까지 보이지 않나요? 세상에, 소리가 눈앞에 보이다니, 청각적
인 요소를 시각적으로 생생하게 표현해 낸 시인의 솜씨가 참 대단
하게 느껴지네요.

화자는 그 감동과 전율에 압도된 나머지 "바다로 가서/ 가장 신
나게 시퍼런/ 파도의 칼날 하나를/ 집어" 들고 말지요. "신선한 물
고기"인 피아노 선율을 마치 온몸으로 느끼고 싶어 회라도 쳐서

맛볼 기세로 "파도의 칼날"을 뽑은 것이지요.

다소 강렬한 느낌을 주는 표현이지만, 그만큼 시인은 피아노 소리에 대한 감동을 강조하고 싶었다는 것을 알 수 있어요.

학교 음악 발표회 때도 종종 악기를 연주하는 친구들이 있지요. 좋아하는 가수를 쫓아 콘서트에 갔을 때도 기타나 드럼, 피아노를 치는 멤버를 볼 수 있고요. 우리는 그렇게 소리를 통해서도 목소리를 낼 수 있다는 것을 알게 됩니다.

여러분도 자신만의 악기를 만들어, 고유의 목소리를 내 보는 것은 어떨까요? 끝없는 호기심과 누를 수 없는 열망으로 가득 찬 이 마음을 그 어떤 언어로도 형용할 수 없다면, 다만 악기를 통해 자신의 감정을 "열 마리씩/ 스무 마리씩" 토해 내는 것도 좋을 거예요.

"가장 신나게 시퍼런/ 파도의 칼날 하나"로 그 스트레스를 날려 버리는 거예요!

아버지의 등을 밀며

_손택수

아버지는 단 한 번도 아들을 데리고 목욕탕엘 가지 않았다
여덟 살 무렵까지 나는 할 수 없이
누이들과 함께 어머니 손을 잡고 여탕엘 들어가야 했다
누가 물으면 어머니가 미리 일러준 대로
다섯 살이라고 거짓말을 하곤 했는데
언젠가 한번은 입속에 준비해 둔 다섯 살 대신
일곱 살이 튀어나와 곤욕을 치르기도 하였다
나이보다 실하게 여물었구나, 누가 고추를 만지기라도 하면
잔뜩 성이 나서 물속으로 텀벙 뛰어들던 목욕탕
어머니를 따라갈 수 없으리만치 커버린 뒤론
함께 와서 서로 등을 밀어주는 부자들을
은근히 부러운 눈으로 바라보곤 하였다
그때마다 혼자서 원망했고, 좀더 철이 들어서는
돈이 무서워서 목욕탕도 가지 않는 걸 거라고
아무렇게나 함부로 비난했던 아버지
등짝에 살이 시커멓게 죽은 지게자국을 본 건

당신이 쓰러지고 난 뒤의 일이다

의식을 잃고 쓰러져 병원까지 실려온 뒤의 일이다

그렇게 밀어 드리고 싶었지만, 부끄러워서 차마

자식에게도 보여줄 수 없었던 등

해 지면 달 지고, 달 지면 해를 지고 걸어온 길 끝

적막하디적막한 등짝에 낙인처럼 찍혀 지워지지 않는 지게
자국

아버지는 병원 욕실에 업혀 들어와서야 비로소

자식의 소원 하나를 들어주신 것이었다

아버지, 어머니와 같이 목욕탕에 가 본 적이
있나요? 어릴 때는 자주 갔던 것 같은데 커 가면서 왠지 부끄러워
서 잘 안 가게 되지요? 저도 그랬습니다. 어릴 때는 어머니를 따라
여탕에도 곧잘 간 기억이 있는데 말이에요.

하지만 어느 순간 아버지와는 목욕탕에 잘 가지 않게 된 것 같
아요. 아버지와 아들 사이인데도 알게 모르게 비밀이 생겼고, 그러
면서 저는 점점 저만의 세상을 만들어 나갔으니까요.

그런데 이 시에서는 거꾸로 아버지가 소년에게 맨몸을 보여 주
지 않습니다. "단 한 번도 아들을 데리고 목욕탕엘 가지" 않았으니
까요. 화자는 할 수 없이 나이를 속여 가며 "누이들과 함께 어머니
손을 잡고 여탕엘" 드나듭니다. "어머니를 따라갈 수 없으리만치
커버린 뒤론" 목욕탕에서 서로 등을 밀어 주는 부자를 보며 "은근
히 부러운 눈으로" 바라만 볼 뿐이지요. 슬그머니 아버지를 원망
도 해 봅니다.

하지만 소년은 어른이 되어서 "당신이 쓰러지고 난 뒤"에야 "등
짝에 살이 시커멓게 죽은 지게자국"이 새겨진 아버지의 등을 봅니

다. 아버지는 "부끄러워서 차마/ 자식에게도" 그 등을 보여 줄 수 없었던 것이지요.

자식들을 위해 희생하신 아버지의 삶이 "낙인처럼" 고스란히 등에 남겨진 것입니다. "아버지는 병원 욕실에 업혀 들어와서야 비로소" 어릴 적부터 그렇게 자식이 원했던 "소원 하나를 들어주신 것"이지요.

소년은 "아버지의 등을 밀며" 아버지의 아픔을 전혀 헤아리지 못했던 자신을 책망했을지 모릅니다. 진작 아들로서 아버지의 상처를 조금이나마 보듬지 못한 자신을 원망했을지 모릅니다. 하지만 그때는 너무 늦었지요. 아버지는 이미 너무 나이를 드셨기 때문입니다.

한국의 아버지들은 다 똑같은가 봅니다. 자식에게 자신의 상처가 남은 등을 보여 주지 않습니다. 그러면서도 가족들을 부양하기 위해 그 "지게"를 내려놓지 않습니다. 등줄기에 있던 상처는 점점 깊이 패여 가고, 결국 쓰러지고 나서야 그 상처를 가족들에게 마지못해 보여 주지요.

우리는 이미 알고 있습니다. 꽁꽁 싸맨 아버지의 갑옷 속에 새겨진 숱한 상처들을요. 하지만 그것을 어떻게 보듬어야 할지 생각해 보면 마냥 머쓱해집니다.

세월은 우리를 기다려 주지 않습니다. 부모님이 나이를 드시고, 쓰러지는 건 슬프게도 정말 금방인 것 같아요. 하지만 그 사실을 깨달을 때면 너무 늦습니다.

지금이라도 용기를 내어 손을 뻗어 보면 어떨까요? 아버지의 지게를 조금이나마 들어 드리는 건 어떨까요? 큰 힘을 보탤 필요는 없을 것 같습니다. 그저 말 한 마디와 물 한 모금을 건네며 아버지를 응원하는 것만으로도 충분할 것 같아요.

더 늦기 전에 지금, 당장 해 보도록 해요.

머뭇거리다가 평생 후회할지도 모르니까요.

민간인

_김종삼

1947년 봄
심야深夜
황해도 해주海州의 바다
이남以南과 이북以北의 경계선 용당포浦

사공은 조심 조심 노를 저어가고 있었다.
울음을 터뜨린 한 영아嬰兒를 삼킨 곳.
스무 몇 해나 지나서도 누구나 그 수심水深을 모른다.

1945년 8월 15일, 광복이 되면 모든 게 좋아질 줄 알았지요. 하지만 웬걸, 북쪽은 소련이, 남쪽은 미국이 진주하면서 한반도를 38선을 기준으로 나누어 버립니다. 그리고 1948년, 이승만 정권이 단독선거를 실시하면서 한국과 북한은 하나가 될 가능성이 사라지지요.

1947년은 분단의 소용돌이 속에서 민간인들이 남으로든, 북으로든 살길을 찾아 떠나던 시기입니다. 하지만 기득권 무장 세력이 각각 북한과 한국을 지키고 있었기 때문에 선을 넘으려면 목숨을 걸어야 했지요.

"황해도 해주의 바다"에서 경계선을 넘는 것으로 보아 이 시의 민간인들은 조각배를 타고 남쪽을 향하고 있는 것 같습니다. "사공은 조심 조심 노를 저어가고" 있지요. 탈북이 발각되면 당장 어딘가에서 총알이 빗발칠 수도 있는 일촉즉발의 상황입니다.

하지만 그때, 갓난아기가 울음을 터뜨립니다.

그 순간 바다는 "울음을 터뜨린 한 영아를" 삼켜 버리고 맙니다. 그대로 두면 위치가 드러나 모두가 죽을 수도 있었기에 어쩔 수 없다 치더라도, 과연 누가 그 아이를 바다에 던졌을까요?

저는 철조망 너머로 북한 땅이 보이는 최전방 GOP에서 군 복무를 했어요. 한번은 비무장지대에서 산불이 났는데, 북한도 한국도 아닌 중간 지대 한복판에서 불이 나는 바람에 함부로 들어가서 불을 끌 수도 없었지요. 산불은 바람을 타고 점점 우리 쪽으로 넘어왔습니다.

그래서 어떻게 했느냐고요? 모든 부대의 군인들이 철조망에 달라붙어 물을 뿌렸답니다. 수풀이 우거졌던 비무장지대가 검게 타서 일부는 아예 민둥산이 되어 버렸지요. 그때 땅 위로 무수히 많은 돌무덤이 드러났어요. 나중에 알고 보니 그건 어린아이들의 무덤이었다고 합니다. 전쟁 때 피란을 가다가 아이가 죽으면 급하게 돌로 묻었다고 해요. 그 돌무덤을 보면서 가슴이 먹먹해졌던 기억이 아직도 잊히지가 않네요.

아마 김종삼 시인은 이 사연을 누군가에게 전해 듣고 시에 옮겼을지도 모르겠습니다. 아니면 직접 겪은 일인지도 모르지요. 중요한 것은 우리는 그런 비극적인 시기를 "민간인"들처럼 힘겹게 건너

왔고, 그 덕분에 이렇게 살아갈 수 있다는 것이지요.

"스무 몇 해나" 지난 지금도, "누구나 그 수심을" 알지 못합니다. 시를 쓴 시점에선 스무 몇 해일지 모르지만, 어떤지요. 예순 몇 해나 지난 지금, 달라진 게 있나요?

아직도 수많은 탈북자들은 휴전선을 건너고, 중국이나 몽골을 가르는 탈북 루트를 통해 "용당포"를 건너고 있습니다. 목숨을 걸고 자유를 찾아 북한을 빠져나왔다가 도로 잡혀간 아이들도 수두룩합니다.

우리는 이런 시대를 살고 있다는 것을 잊어서는 안 됩니다. 세계를 향해 나아가는 여러분이라면 한 번쯤 이러한 분단 현실에 대해 고민하고, 돌아보는 시선을 가지고 성장할 필요도 있는 것이지요.

남학생이라면 군 복무를 통해 자연스레 그것들을 체감할 수 있을 것입니다. 비록 육체는 고단하고 때때로 마음은 힘들겠지만, 군 생활을 하다 보면 나라와 민족에 대해 생각하게 됩니다. 이전에는 학교에서만 듣던 이야기를 직접 눈으로 보고 손으로 만지니 남의 일 같지 않게 느껴집니다. 그러다 보면 내가 내 가족을, 친구를, 사랑하는 사람을 지켜야겠다는 생각이 더 절실해집니다. 그리고 어느 순간부터는 누구의 자식이나 애인이 아닌, 한 사람의 인간으로서 사고하고 반성하게 됩니다. 괜히 군대에 가서 남자가 되었다고 하는 게 아니지요. 그렇기 때문에 10대 남학생들은 자신이 하고 싶은 군 복무를 미리 생각해 두는 것도 좋습니다.

그리고 군 복무가 면제되는 남학생들이나 여학생들이라면 국제 사회에서의 남북한 문제와 이산가족 문제, 전쟁과 기아 등의 문제에 대해 좀 더 관심을 가지고 공부하면 좋을 것 같아요. 한반도는 휴전 상태이기에, 아직도 전쟁이 끝나지 않은 상황이거든요.

군 복무는 삶을 허비하는 게 아니라, 삶의 질을 바꾸는 일이랍니다. 언젠가는 군대가 없어지기를 소망하면서 진짜 평화를 찾아가는 것이지요.

진짜 평화를 찾는 길목에 여러분이 서 있다는 것을 잊지 마세요.

푸른 하늘을

_김수영

푸른 하늘을 제압하는
노고지리가 자유로웠다고
부러워하던
어느 시인의 말은 수정되어야 한다.

자유를 위해서
비상하여 본 일이 있는
사람이면 알지
노고지리가
무엇을 보고
노래하는가를
어째서 자유에는
피의 냄새가 섞여 있는가를
혁명은
왜 고독한 것인가를

혁명은
왜 고독해야 하는 것인가를

혁명이라는 말을 들어 본 적 있나요? 교과서나 영화 속에서 아마 들어 본 적이 있을 것입니다. 지금은 정말 이야기 속에나 나올 법한 단어에 불과하지만, 얼마 전까지만 해도 혁명은 많은 대학생들에게, 그리고 새로운 사회를 꿈꾸던 젊은이들에게 꿈이고, 열망이었답니다.

김수영 시인은 이 시를 통해 혁명이 어떤 것인지 말하고 있습니다. 어느 시인은 "푸른 하늘을 제압하는/ 노고지리가 자유로웠다고" 부러워합니다. 하지만 시인은 그 말이 "수정되어야" 한다고 주장합니다.

노고지리는 종달새입니다. 작은 새가 하늘을 나는 모습을 보면 정말 예쁘기도 하고, 자유로워 보여 부러운 건 사실입니다. 하지만 김수영 시인은 우리가 지금 느끼는 감상적인 생각과 자유로움이 어디에서 비롯되었는지 돌아보기를 원합니다.

그렇습니다. "자유를 위해서/ 비상하여 본 일이 있는/ 사람이면" 알지요. "노고지리가/ 무엇을 보고/ 노래하는가를/ 어째서 자유에는/ 피의 냄새가 섞여 있는가를" 말입니다.

우리가 이렇게 안락하게 학교에 다니고, 자유롭게 뛰어놀 수 있는 것 또한 그렇게 많은 사람들이 "피"를 흘리며 자유를 억압하는 존재들과 싸웠기 때문입니다. 더 좋은 세상이 오기를 꿈꾸며 제 한 몸 던져 혁명을 일으켰던 사람들 덕분이지요. 그래서 시인은 자유로운 종달새의 몸짓에서 "피의 냄새"를 맡고, 그 앞에서 숙연해질 수밖에 없었던 것입니다.

이 시는 4·19 혁명이 일어난 직후에 쓰였습니다. 1960년 4월, 당시 부패한 자유당 정권은 이기붕을 부통령으로 당선시키려고 개표를 조작합니다. 부정선거를 치른 것이지요. 이에 학생들은 재선거를 주장하며 한데 모여 투쟁을 합니다. 결국 이승만과 자유당 정권은 장기 집권을 끝내고 물러나지요. 학생들의 승리였습니다. 비록 이듬해 5·16 군사정변으로 독재 정권이 들어서지만, 이후로도 젊은이들은 4·19 정신을 잊지 않고 자유로운 민주주의 사회를 위해 피를 흘리며 싸워 나갑니다.

데모나, 군사정변, 폭압 통치 등을 걱정하지 않고 공부에만 전념할 수 있는 지금의 삶은, 어떻게 보면 이전 세대에게는 꿈과도 같은 삶의 모습이었답니다. 이 역시 그분들이 피를 흘리며 자신들을 희생했기 때문이지요.

그래서 시인은 말합니다. 자유를 위해 온몸을 던져 본 사람만이 "혁명은/ 왜 고독한 것인가를", "혁명은/ 왜 고독해야 하는 것인가를" 알 수 있다고요. 그리고 저 작은 새의 몸짓을 보고도 민중을 걱정하고, 민중의 미래를 생각할 수 있다고요.

어쩌면 우리는 축복의 시대를 살고 있는지도 몰라요. 지금 우리가 할 수 있는 일은 이전 시대를 명확히 아는 것이에요. 그리고 다시는 그런 사회가 돌아오지 않게 두 눈을 뜨고 지켜보는 것이구요. 그것은 현재를 살게 해 준 것에 감사하는 일이기도 합니다. 더 좋은 사회를 후대에 물려줄 수 있게 공부하고 또 고민해야 하는 숙제이기도 합니다. 아직도 우리 사회엔 부패한 세력들과, 부조리한 현상들이 너무도 많으니까요.

가끔은 암기만 하고 끝날 게 아니라, 책을 덮고 역사 속에서 피를 흘리며 희생한 분들을 생각하며 가만히 묵념도 해 볼 일이에요. 두 눈을 감고 고개를 숙이면, 진짜 그분들이 말을 걸어오는 것 같기도 해요. 그 목소리에 귀 기울이다 보면 나 또한 더 큰 사람이 되어 우리 사회를 지켜 나가야겠다는 생각이 듭니다. 꿈도 희망도 더 커집니다.

잊지 않고 기억하며, 지키고 물려줘야 할 일에 대해 생각하는 여러분이야말로 참된 자유를 누리고 있는 것입니다.

연탄 한 장

_안도현

또 다른 말도 많고 많지만
삶이란
나 아닌 그 누구에게
기꺼이 연탄 한 장 되는 것

방구들 선득선득해지는 날부터 이듬해 봄까지
조선팔도 거리에서 제일 아름다운 것은
연탄차가 부릉부릉
힘쓰며 언덕길을 오르는 거라네
해야 할 일이 무엇인가를 알고 있다는 듯이
연탄은, 일단 제 몸에 불이 옮겨 붙었다 하면
하염없이 뜨거워지는 것
매일 따스한 밥과 국물 퍼먹으면서도 몰랐네
온몸으로 사랑하고 나면
한 덩이 재로 쓸쓸하게 남는 게 두려워
여태껏 나는 그 누구에게 연탄 한 장도 되지 못하였네

생각하면

삶이란

나를 산산이 으깨는 일

눈 내려 세상이 미끄러운 어느 이른 아침에

나 아닌 그 누가 마음 놓고 걸어갈

그 길을 만들 줄도 몰랐었네, 나는

꿈을 위해서 자신을 불태우다 보면, 어느 순간 정말 하얗게 타 버린다는 느낌이 들 때가 있습니다. 그것을 향해 가는 순간 자체로 큰 희열을 느끼게 되는 것이지요. 하지만 그 꿈의 항로에 다른 사람을 위한 계획도 들어 있다면 더할 나위 없이 좋을 거예요.

'연탄의 시인'이라고도 불리는 안도현 시인은 이 시에서도 연탄 같은 사람이 될 것을 권고합니다. 거두절미하고 시인은 말합니다. "또 다른 말도 많고 많지만/ 삶이란/ 나 아닌 그 누구에게/ 기꺼이 연탄 한 장 되는 것"이라고요.

이 연 하나로 시인이 하고자 하는 말이 무엇인지 명확하게 가슴에 와 닿지요?

연탄은 "해야 할 일이 무엇인가를 알고 있다는 듯이" 방구들을 덥혀서 사람들이 겨울을 따뜻하게 보낼 수 있게 제 몸을 불사릅니다. "연탄은, 일단 제 몸에 불이 옮겨 붙었다 하면/ 하염없이 뜨거워지는 것"입니다. 우리도 연탄처럼 스스로 불을 붙일 수도, 또 그것으로 사람들을 뜨겁게 할 수도 있어야 하지 않겠어요?

시인은 비로소 깨닫게 되었지요. "매일 따스한 밥과 국물"을 먹을 수 있었던 것도, 어찌 보면 연탄 덕분이라는 것을. 그러면서도 "한 덩이 재로 쓸쓸하게 남는 게 두려워/ 여태껏 나는 그 누구에게 연탄 한 장도 되지" 못하였음을 돌아봅니다. "생각하면/ 삶이란/ 나를 산산이 으깨는 일// 눈 내려 세상이 미끄러운 어느 이른 아침에/ 나 아닌 그 누가 마음 놓고 걸어갈/ 그 길을" 서로 만드는 길인지도 모릅니다.

아직도 추운 겨울에 연탄을 때는 사람들도 많습니다. 가만히 들여다보면 원래 검던 연탄은 하얗게 타 버리고 난 뒤에도 그냥 버려지는 법이 없습니다. 잘게 부서져 빙판길에 뿌려지지요. 밤새 사람들을 따뜻하게 해 준 것도 모자라, 사람들이 넘어지지 않게 또 한 번 희생하는 것입니다. 그래서 시인은 〈너에게 묻는다〉라는 시편에서도 "연탄재 함부로 차지 마라"라고 이야기하지요.

연탄과 같은 삶, 어떻습니까? 제 자신을 하얗게 태워 한국이라는 방, 지구라는 방에서 떨고 있는 사람들을 뜨겁게 해 보는 것은? 그러고 나서도 자신을 희생하여 사람들이 넘어지지 않게 더 낮은 자리에서 자신을 잘게 부수는 것은? 그러기 위해서는 먼저 크고도 큰 연탄이 되어야겠지요? 이 땅을 통째로 달아오르게 할 만한 마그마 같은 연탄이면 더 좋겠습니다.

여러분은 충분히 그렇게 될 수 있어요. 저도 열심히 땀 흘리고 있답니다. 한번 "연탄재 함부로" 찰 수 있는 사람이 되어 보자고요.

불꽃같은, 불덩이 같은, 그러면서도

머리는 차디찬 그런 사람.

장편掌篇 2

_김종삼

조선총독부가 있을 때
청계천변 10전 균일상均一床 밥집 문턱엔
거지소녀가 거지장님 어버이를
이끌고 와 서 있었다
주인 영감이 소리를 질렀으나
태연하였다

어린 소녀는 어버이의 생일이라고
10전짜리 두 개를 보였다

대중교통을 타고 다니다 보면 참으로 많은 사람들을 볼 수 있습니다. 좁은 통로를 오가며 구걸을 하는 사람, 자신의 종교를 알리려고 목소리를 높이는 사람, 휘청거리며 술 냄새를 잔뜩 풍기는 사람, 먼저 자리에 앉겠다고 질주하는 사람 등등. 바쁜 통학 시간에는 그런 사람들이 더 신경 쓰이고, 남을 배려하지 않는 모습에 눈살이 찌푸려지기도 합니다. 지하철 역사나 공원 한쪽에는 노숙자들도 많지요. 지팡이를 짚고 힘겹게 계단을 오르내리는 노인들과 휠체어를 탄 채 가쁜 숨을 몰아쉬며 지나가는 장애인들도 있습니다.

여러분은 그런 사람들을 보면 어떤 생각이 드나요? 그저 안됐다고 생각하거나 고개를 돌려 버리고 마나요? 하지만 그런 사람들의 면면을 가만히 보면, 우리 주변에는 도움을 필요로 하는 사람들이 참으로 많다는 생각이 듭니다.

오죽하면 사람들이 많은 지하철에서 구걸을 할까, 오죽하면 이른 아침부터 술에 찌들었을까, 오죽하면 길에서 잠을 청할까. 어떤 의미에서는 안쓰럽기도 하지만, 저는 그보다는 그 사람들을 똑바로 바라볼 필요도 있다고 생각합니다.

한 사람, 한 사람이 책이라고 생각해요. 가만히 앉아서 그 사람들이 걸어온 시대와 세월, 그리고 기쁨과 슬픔에 대해 한 페이지씩 상상하며 넘겨 봅니다. 그 속에서 어떤 이들은 성공했겠지만, 어떤 이들은 또 실패하여 절망했겠지요. 인간의 삶은 생각한 대로 전개되지 않는 경우도 많으니까요. 불가항력 속에 결국 파산한 사람들, 생각지도 못한 사고를 당한 사람들, 언제 회사에서 쫓겨날지 몰라 불안해하는 가장들. 생각해 보면 그들 모두 우리 주변 가족들이나 친구들과 다를 바 없는 것이지요.

"장편掌篇"이라는 특이한 제목을 단 이 시의 화자도 그 사실을 발견합니다. 여기서 잠깐, 제목에 대해 좀 더 알아볼까요? 제목의 '장掌'자는 손바닥이라는 뜻입니다. 즉, 손바닥처럼 짧은 글이나 콩트라는 뜻이죠. 제목대로 시도 상당히 짧지만, 한번 읽고 나면 아주 강렬한 인상을 받습니다.

이 시는 "조선총독부가 있"는 일제강점기 때 이야기예요. 어느 날, 화자는 "청계천변 10전 균일상 밥집 문턱"에서 "거지소녀"를 봅니다. 배경이 "밥집"인 것을 보니, 소녀는 아마 구걸을 하러 왔겠지요. 그런데 혼자 온 게 아니라 "거지장님 어버이를/ 이끌고 와 서 있"네요. 꼬마 소녀한테 동전을 주는 것도 부담스러운데 셋이 버티고 섰으니 "주인 영감"은 부담을 느끼고 버럭 "소리를" 지릅니다. 하지만 평소라면 주눅이 들었을 소녀가 이날만큼은 웬일인지 "태연하였"답니다. 그 모습에 "주인 영감"은 어지간히 당황했을 거예요. 그러자 "어린 소녀는" 당당하게 "어버이의 생일이라고/ 10전짜리 두 개를 보"여 줍니다

어떤가요? 저는 이 짧은 시를 읽고 코끝이 찡했답니다. 김종삼 시인은 생활 속의 진솔한 이야기를 담아 감동을 주는 시를 많이 썼어요. 피란민, 그중에서도 특히 전쟁터에서 죄 없이 죽어 간 어린 아이들의 애환을 다룬 〈민간인〉이라는 시도 그렇고요. 몇 줄 안 되는 짧은 글귀만으로도 소녀가 "장님 어버이"를 위해 20전을 모으며 겪었을 고난이 느껴집니다. 그런 힘든 상황에도 불구하고 "어버이의 생일"을 챙기는 기특한 효심은 더 진하게 전해져 옵니다. 더불어 경제적으로 매우 힘든 걸인들도 우리와 같은 감정을 가진 친구

이고 가족이라는 생각도 들지요.

그러고 보니 김경미 시인이 〈야채사〉에서 말한 것처럼 과거의 소녀와 현대를 사는 우리도 서로 한 몸일지 모른다는 생각이 드네요. 우리들도 저마다 삶 속에, 그리고 마음속에 본질적인 배고픔 하나씩은 가지고 있으니까요.

소외된 주변 사람들을 돌아보고, 더 존중해야 할 일입니다.

우리가 그들의 힘이 되어 줄 수 있으면 좋겠어요.

남들보다 더 천천히 걷는다고 해서 마냥 뒤처지는 것은 아닙니다.

더 알찬 지도를 만들어낼 수도 있으니까요.

스스로 브레이크를 거는 연습을 해보세요.

밤하늘을 올려다보며 자신만의 "개밥바라기별"을 꼭 찾아내기를.

지금 이 순간,
풍차에 달려드는 돈키호테처럼

채석장에서

_유종순

한낮의 찌든 노동 속에서도
지난 밤 못다 이룬 꿈의 기억은 있다
동대문시장 생선가게 앞의 즐비한 동태 눈알처럼
허술하고 허기진 내 꿈을 위한 신앙은
다만 힘을 사랑하는 길뿐이다

때려대는 배고픔이며
찢어지는 아픔이며
삶과 죽음은 이렇듯 초라하게 한데 엉켜
여름날 아스팔트 열기처럼 타오르고
없는 사람의 배고픈 신경을 타고 흐르는
가진 사람의 욕망
무디고 미련하지만 나의 창자에도
서울의 뒷골목처럼 더럽고 가난하고 날카로운 신경이
예수만큼이나 성스럽게 누워 있다

꿈을 위해 꿈을 잊은 채
핏발선 공복의 머리통들을 움켜쥐고
산의 내장을 송두리째 도려낼 때
바늘보다 더 뾰족한 소리로 부서지는 우주의 비명
그러나 나는 자랑스럽다
아무 미움 없는 여기서
그것은 차라리 자랑스러운 폭력이다

산다는 것은 어쩌면 꿈을 꾸는 일인지도 모릅니다. 우리가 만나는 모든 이들은 꿈을 이루기 위해 일하고, 꿈에 한발 더 다가서기 위해 분주하게 뛰어다니는 것인지도 몰라요. 그런데 어느 순간, 바쁘게 움직이는 사람들이 참 대단해 보여서 나도 모르게 물끄러미 바라보게 될 때가 있습니다. 이 시의 화자 역시 꿈을 위해 "한낮의 찌든 노동 속에서" 온 힘을 다해 일합니다. 그러면서도 때때로 "지난 밤 못다 이룬 꿈의 기억"을 떠올리며 더 힘을 냅니다.

지금은 비록 "동태 눈알처럼/ 허술하고 허기진 내 꿈"이지만, "다만 힘을 사랑"하여 정직하게 일하고 땀 흘린다면 언젠가는 그 꿈이 이루어질 것이라고 화자는 "신앙"처럼 믿고 있습니다. 하지만 현실은 그리 녹록지 않습니다. 돌을 캐기 위해 곡괭이를 내려치면 내려칠수록 "배고픔"은 더해지고, 몸에는 "아픔"이 밀려듭니다.

살기 위해 노동을 하는데, 이렇게 죽어 가는 건 아닐까 하는 역설적인 생각도 "여름날 아스팔트 열기처럼" 타오릅니다. "가진 사람의 욕망"을 위해, 건물을 쌓아 올리는 제 자신이 "무디고 미련"하게 느껴지고 어쩔 수 없이 노동을 하는 게 속상하지만, 자신과 가족들의 생계를 위한 정직한 노동 앞에서는 그런 "날카로운 신경"마저 "예수만큼이나 성스럽게" 느껴집니다.

그래서 화자는 자신이 맡은 일에만 집중하기로 합니다. 그저 땀 흘리며 "꿈을 위해 꿈을 잊은 채" 돌 캐는 일에 최선을 다하는 것이지요. 저는 이 아이러니한 표현이 참 좋았습니다. 더 큰 것을 이루기 위해서 지금 이 시간을 충실히 보내겠다는 뜻이잖아요.

저 역시 꿈을 생각하면 가슴이 뜁니다. 꿈이 이루어졌을 때의 모습을 상상하면 너무 흥분해서 일이 손에 안 잡힐 때도 있어요. 과연 그것을 해낼 수 있을까 불안한 나머지 이도 저도 못하고 시간을 흘려보내기도 하고요. 그런데 그렇게 되면 정작 저는 꿈을 위해서 한 일이 아무 것도 없는 셈이에요.

하지만 화자는 "허기진 내 꿈을" 위해서 "꿈을 잊은 채" "한낮의 찌든 노동"을 이어가지요. 중장비로 "산의 내장을 송두리째 도려낼 때"는 그 소리를 "우주의 비명"처럼 느낍니다. 죄책감도 들지만, 신성한 노동과 꿈을 위해 땀 흘리는 자신의 진심 앞에서는 그것조차

"자랑스럽"게 느껴집니다. 그러니 우리도 지금, 이 순간에 온 힘을 쏟을 일이에요.

아무리 세상이 혼란스럽고 떠들썩해도, "아무 미움 없는 여기서" 최선을 다할 수는 있습니다. 그것이 진정 이 세계와 자신에게 조금이나마 힘을 보태는 일이라는 것을 알기에, 화자는 조금도 지체하지 않고 고단한 노동을 해 나갑니다. 그 순간에 "그것은 차라리 자랑스러운 폭력"으로 승화할 수 있답니다.

어떤가요? 지금 내 앞에 책상과 교과서가 보이나요? 바로 그곳이 여러분의 "채석장"이랍니다. 먼 미래의 추상적인 장소가 아닌, 지금, 이곳의 '홈구장'에서 전력 질주를 해 보는 것은 어떨까요? 동료들과 호흡을 맞춰 작전도 짜 보고, 방망이도 휘둘러 보고, 홈런도 때려 보는 것은?

여러분의 구원투수는 바로 여러분 자신이니까요.

고래를 기다리며

_안도현

고래를 기다리며
나 장생포 바다에 있었지요
누군가 고래는 이제 돌아오지 않는다, 했지요
설혹 돌아온다고 해도 눈에는 보이지 않는다고요,
나는 서러워져서 방파제 끝에 앉아
바다만 바라보았지요
기다리는 것은 오지 않는다는 것을
알면서도 기다리고, 기다리다 지치는 게 삶이라고
알면서도 기다렸지요
고래를 기다리는 동안
해변의 젖꼭지를 빠는 파도를 보았지요
숨을 한 번 내쉴 때마다
어깨를 들썩이는 그 바다가 바로
한 마리 고래일지도 모른다고 생각했지요

우리는 고래를 늘 바깥에서만 찾습니다. 그런데 고래는 몸집이 커서 금방 눈에 띌 것도 같지만, 이상하게도 쉬이 제 등짝조차 보여 주지 않습니다. 어쩌면 우리들의 이상도 이와 같지 않을까요?

이 시에서도 화자는 "고래를 기다리며/ 나 장생포 바다에" 있었다고 합니다. "누군가 고래는 이제 돌아오지 않"으며, "설혹 돌아온다고 해도 눈에는 보이지 않는다고" 했지만, 그래도 나는 서러운 마음을 안고 "방파제 끝에 앉아/ 바다만" 바라봅니다.

그는 살아오면서 어느 순간 깨닫게 되었지요. "기다리는 것은 오지 않는다는 것을" 말입니다. 이렇게 "장생포 바다"에까지 나와서 안달복달하며 기다려도 결국 아무것도 오지 않는다는 것을 화자는 이미 알고 있었습니다. 하지만 "나"는 "기다리다 지치는 게 삶"이라는 것을 알면서도 기다리고 또 기다렸어요.

그렇게 "고래를 기다리는 동안" 문득 "해변의 젖꼭지를 빠는 파도를" 보게 됩니다. 해변을 왔다 갔다 하는 바닷물의 모양새가 꼭 "젖꼭지를 빠는" 것 같아 보였다는 거예요. 아차차, 그 순간 바다가 생물처럼 보입니다. 그렇지요. 바다는 이미 그 자체로 대자연이고, 호흡하는 생명체나 마찬가지인 걸요.

한발 더 나아가 "숨을 한 번 내쉴 때마다/ 어깨를 들썩"거리기까지 합니다. 아마도 "나"는 그 순간, 젖은 무릎을 탁 치지 않았을까 싶어요. 남들은 고래를 기다리는 게 무모한 짓이라며 모두 번화한 뭍으로 나갔을 테지요. 홀로 남은 자신마저 "기다리는 것은 오지 않는다는 것"을 알아 버렸을 때, 그 순간 찾아온 거대하고 거대한 고래를 보고야 말았으니 얼마나 기뻤을까요.

맞습니다. 그 고래는, 고래보다도 더 거대한 고래, 그 자체로 수천수만의 고래를 품고 있는 푸르디푸른 고래인 바다였습니다. 하나의 꽃을 끌어당기려다 우주를 끌어당긴 셈이지요. "나"가 바다라는 고래를 만났듯이, 이미 우리 안에도 고래가 있을 거예요.

꿈이 너무 간절해서 기다리고 또 기다렸는데도 눈앞에 나타나지 않을 때가 있지요? 그건 나이를 먹어도 마찬가지인 것 같습니다. 기다림에 지친 대부분의 사람들은 "장생포 바다"를 떠나 버립니다. 그래도 나만은 꿈을 버리지 않겠다며 홀로 버텨 보지만 한

없이 외로워집니다.

하지만 기억하기로 해요. 만약 여러분이 지금 그러고 있다면, 또 앞으로도 계속 그렇게 꿈을 끌어당긴다면, 그 열정의 크기만 한 푸른 고래가 다가오고 있을 거라는 사실을요. 어쩌면 너무 큰 꿈을 꾸었기에 그것이 더디 올지도 모르겠습니다. 너무도 허황된 꿈을 좇는 바람에 현실에서는 잘 안 보일지도 모릅니다. 그럴 때는 가만히 내 마음속에 귀 기울여 볼 일이에요. 마치 소라고둥에 귓불을 댔을 때처럼 무슨 소리가 들려오지 않나요? 바닷소리가, 고래가 우는 소리가 이미 그 안에 있지 않나요?

저는 시인이 되고서도 한동안 좋은 글이 나오지 않아서 방황했어요. 사람들을 깜짝 놀라게 할 만한 거대한 "고래"를 마냥 기다렸지요. "기다리는 것은 오지 않는다는 것을" 알면서도 기다리고 또 기다렸어요. 답답한 나머지 중국으로 날아가 "고래"를 수소문하기도 했고요. 한국으로 돌아와서는 대형 서점과 도서관의 모든 책을 뒤졌고, 그것이 조금이라도 더 잘 보일까 싶어 더 큰 "장생포", 더 큰 회사로 이직도 했지요. 하지만 고래는 끝내 보이지 않았고, 더 절망했답니다.

그런데 말이죠. 신기하게도 그 사이에 조금씩 할 말이 생겼어요! 고래는 이미 제가 방황하고 일하며 고심한 궤적 속에 바다처럼 머물러 있다는 것을 알았답니다. 문학은 삶의 경험을 담아내는 것이지, 어디 먼 바다 속의 희귀 동물을 운 좋게 낚아 올리는 게 아니었어요.

그렇게 해서 저도 "고래"가 아닌 "바다"를 얻었지요. "기다리는 것은 오지 않는다는 것"은 거짓말이라는 사실을, 아니 어떤 이들에겐 그저 자신을 위로하는 말밖에 되지 않는다는 사실을 분명히 알았어요. 고래보다 더 큰 고래인 글의 바다를 건지고 나니 제가 원했던 큰 회사도 너무 좁다는 생각이 들었어요. 그래서 바로 사표를 쓰고 오롯이 작가의 길을 걷기로 결심하였지요. 그리고 이번에는 '오대양을 가르는 고래'를 기다리고 있답니다. 잡는 즉시 놓아줄 요량으로요.

오늘 한번 고래가 있는지 자기 마음속을 살펴보세요.

여러분은 이미 바다니까요.

저녁에

_김광섭

저렇게 많은 중에서
별 하나가 나를 내려다 본다.
이렇게 많은 사람 중에서
그 별 하나를 쳐다본다.

밤이 깊을수록
별은 밝음 속에 사라지고,
나는 어둠 속에 사라진다.

이렇게 정다운
너 하나 나 하나는
어디서 무엇이 되어
다시 만나랴.

밤하늘의 별 무리를 보고 있으면, 마치 무수한 눈동자가 나를 내려다보는 것 같습니다. 어느 순간, 그 시선 속으로 자아가 빨려 들어가고, 눈을 떠 보면 거꾸로 밤하늘의 입장에서 작디작은 나를 내려다볼 때도 있지요. 그 높은 하늘에서 키 작은 내가 잘 보일까요. 내 주변의 수많은 인연들만 은하수처럼 반짝이며 늘어서 있을 것 같습니다.

그렇게 생각할 때면 인간도, 인간의 생사도 얼마나 작게 느껴지는지요. "저렇게 많은 중에서/ 별 하나가 나를 내려다 본다"는 게 새삼스럽기만 합니다. "이렇게 많은 사람 중에서/ 그 별 하나를 쳐다"봅니다. 별도 반짝이는 내 눈과 마주치고는 깜짝 놀랄지도 모르겠습니다.

별님도 사람도, 은하수도 사람끼리도, 어쩌면 모두 같은 별 무리가 아닐까요. 저 별에 사는 누군가가 지구를 보면, 나와 내게 얽힌 인연들이 하나의 은하수로 묶여 눈부실 정도로 아름답게 비칠지도 모르지요.

하지만 "밤이 깊을수록/ 별은 밝음 속에 사라지고,/ 나는 어둠 속에 사라"집니다. 낮과 밤이 있으면 깨어남과 쓰러짐이 있고, 태어남과 죽음이 있으며, 만남과 이별이 있습니다. 그렇게 다시 아침이 오고, 우리는 대자연의 섭리 속에서 반짝이다가 사라집니다.

불교의 관점에서는 이러한 이치를 '회자정리會者定離' 또는 '윤회사상輪廻 思想'이라고 해요. 회자정리란 한번 만나면 언젠가는 헤어지게 되어 있다는 뜻입니다. 부모님, 형제자매들, 선생님, 친구들 등등 지금 함께 있어 좋은 사람들이 참 많지만 결국에는 다들 헤어질 거예요. 그렇기에 지금의 삶이 너무 소중하고 고마운 것이지요. 이런 생각을 하고 나면 자신과 사이가 나쁜 사람도 다시 보게 됩니다. 그러니 이 순간, 나와 맺은 모든 인연을 즐기고 만끽해야 하지 않겠어요?

지금 내 곁을 떠난 인연이 있더라도 너무 슬퍼하지는 마세요. 만남이 있으면 헤어짐이 있듯, 헤어짐이 있으면 만남도 있으니까요. 불교 교리에는 '수레바퀴가 끊임없이 구르는 것처럼 지금 생의 업보가 다음 생, 또 다음 생으로 계속해서 이어진다'는 윤회 개념도 있어요. 그렇다면 이번 세상에서 만난 사람들과 헤어졌다가도 다음 세상에서 또 만날 수도 있겠지요. 그렇게 인연은 끝없이 반복됩니다.

그래서 지금의 인연은 한 순간 반짝이는 별과 같습니다. 너무 조심스러워할 필요도, 어려워할 필요도 없을 것 같아요. 그저 내가 가진 모든 것을 다해서 진심으로 대하고, 온 힘을 바쳐 일하거나 공부하면 될 일입니다. 바로 지금, 여기에 온전히 존재할 수 있다면 과거나 미래에도 연연할 필요가 없으니까요. 나의 꿈 역시 먼 미래의 어느 시점에서 짠 하고 이루어지는 게 아니라, 지금 여기에서 순간순간 최선을 다하면서 조금씩 빚어지는 것이니까요.

밤하늘에 아릿거리는 별의 눈을 빌려 다시 찬찬히 주변을 둘러보세요. "이렇게 정다운/ 너 하나 나 하나"가 더없이 새로워 보이지 않나요? 그 모습들을 따라가다 보면 어느 순간, 영화의 엔딩처럼 죽음의 순간도 눈에 보입니다. 너무 아쉬워서 "어디서 무엇이 되어/ 다시 만나랴" 싶을 정도로 인생이 무상해질 수도 있겠지요. 거기까지 생각해 볼 수 있다면 여러분은 이미 인생의 많은 것들을 깨달은 것이에요.

한 번쯤 별들의 눈으로 세상을 바라보기로 해요.

사람과 사람 사이, 별자리가 보일 테니까요.

숲

_강은교

나무 하나가 흔들린다
나무 하나가 흔들리면
나무 둘도 흔들린다
나무 둘이 흔들리면
나무 셋도 흔들린다

이렇게 이렇게

나무 하나의 꿈은
나무 둘의 꿈
나무 둘의 꿈은
나무 셋의 꿈

나무 하나가 고개를 젓는다
옆에서

나무 둘도 고개를 젓는다
옆에서
나무 셋도 고개를 젓는다

아무도 없다
아무도 없이
나무들이 흔들리고
고개를 젓는다

이렇게 이렇게
함께

친구들과 함께 꿈 이야기를 할 때면 어디선가 가만히 울림 소리가 들려오지 않나요? 내가 꿈 이야기를 시작하면 마음속에 마디 하나만큼 꿈이 자라나요. 뒤를 이어서 친구가 자기 꿈을 이야기하면, 한 마디가 더 길어지지요. 마치 제 속을 비운 채 조용히 돋아나는 갈대처럼 말이에요. 그렇게 꿈이 자라나고, 더 크게 울려 퍼지는 소리에 자극받아서 더 열심히 노력하게 됩니다.

이 시에서도 그것을 이야기하고 있어요. "나무 하나가 흔들리면/ 나무 둘도 흔들"리고, "나무 둘이 흔들리면/ 나무 셋도 흔들"립니다. "이렇게 이렇게" 꿈은 나눌수록 커지고 더 단단해지지요. 어느 순간, 소망하던 자리에 자신이 우뚝 서 있는 모습이 떠오릅니다. 거기서 끝일까요? 아닙니다. 그보다 더 큰 꿈이 보이고, 다시 더 큰 비전이 떠오르지요.

그래서 친구들 간에 서로 독려하고 응원해 주는 일이 무척 중요해요. "나무 하나의 꿈은/ 나무 둘의 꿈"이 되고, "나무 둘의 꿈은/ 나무 셋의 꿈"이 되니까요. 저 역시 그렇게 꿈을 꾸었고, 여러분들에게 꿈 이야기를 전하면서 더 큰 꿈을 꾸고 있어요.

반대로 부정적인 생각도 전염된답니다. "나무 하나가 고개를" 저으면, "옆에서/ 나무 둘도 고개를" 젓고 말아요. 그것은 멈추지 않고 "나무 셋도 고개를" 젓게 만듭니다. 결국 우리는 한 배를 탄 것이지요. "아무도 없다"는 말은 '모두가 하나고, 하나가 모두'라는 의미와도 같아요.

한번 생각해 보세요. 숲에는 나무가 없어요. 무슨 말이냐고요? 숲 속에는 '나무'가 없고, '나무들'이 있다는 소리예요. 나무들이 모여 숲의 색깔, 풍경, 규모를 만들어 내는 것이니까요. 나무 하나만 뚝 떨어져 있다면 그건 가로수나 관상목에 지나지 않을 거예요.

그렇다고 전체만을 중시하자는 것은 아니에요. 자신의 꿈을 빚어 나가되, 다른 이들과 더불어 박수도 치고, 꿈의 총량을 무한대로 키워 나가자는 이야기지요. 내 꿈을 이룬 다음에는 친구도 꿈을 이룰 수 있도록 도와줄 수도 있고요. 정말 멋진 일 아닌가요?

꿈을 나누며 숲을 바라보니 "나무들이 흔들리고/ 고개를 젓"고 있네요. 지금 여러분의 머릿속에는 긍정적인 생각과 부정적인 생각이 번갈아 가며 떠오르고 있을 거예요. 하지만 흔들리더라도 그 꿈을 놓지 않을 수 있다면, 긍정도 부정도 각자의 역할을 해내며 여러분을 격려해 주겠지요. "이렇게/ 함께" 간다면 말이에요.

산초 판사와 함께 라만차의 풍차를 향해 달렸던 돈키호테처럼 온몸으로 달려 보자구요.

그 희고 둥근 세계

_고재종

나 힐끗 보았네
냇갈에서 목욕하는 여자들을

구름 낀 달밤이었지
구름 터진 사이로
언뜻, 달의 얼굴 내민 순간
물푸레나무 잎새가
얼른, 달의 얼굴 가리는 순간

나 힐끗 보았네
그 희고 둥근 여자들의
그 희고 풍성한
모든 목숨과 신출神出의 고향을

내 마음의 천둥 번개 쳐서는
세상 일체를 감전시키는 순간

때마침 어디 딴 세상에서인 듯한
풍덩거리는 여자들의
참을 수 없는 키득거림이여

때마침 어디 마을에선
훅, 끼치는 밤꽃 향기가
밀려왔던가 말았던가

어릴 적 누구나 한 번쯤은 냇가나 수영장을 기웃거리며 이성 친구의 몸을 훔쳐본 적이 있을 거예요. 자기 자신뿐 아니라 다른 사람의 몸에 대해 관심이 생긴다는 것은 그만큼 성장하고 있다는 반증이니 기뻐할 일이에요.

이 시 속에서도 화자는 "구름 낀 달밤"에 "냇갈에서 목욕하는 여자들"을 "힐끗" 훔쳐봅니다. 화자가 볼 때는 그 풍경이 마치 전설 속의 선녀들이 목욕하는 것처럼 몽환적이고 신비스러운 모양입니다. 하여 "그 희고 둥근 여자들의/ 그 희고 풍성한/ 모든 목숨과 신출의 고향"이라고 표현하지요.

그 순간 여자의 몸은, 더 이상 몸이 아닌, 어떤 자연의 젖줄이자 뿌리로 느껴집니다. 저 배 속에서 생명이 태어나고 저 가슴 덕분에 아기가 자라날 수 있으니까요. 경외심마저 느껴지는지 "내 마음의 천둥 번개"가 쳐서 "세상 일체를 감전시키는 순간"이 옵니다.

그런 나를 놀리듯이 "어디 딴 세상에서인 듯한/ 풍덩거리는 여자들의/ 참을 수 없는 키득거림"이 들려옵니다. 그마저도 시의 화자에게는 꿈인지 생시인지 분간할 수 없을 정도로 아찔합니다.

그 자체로 참 신기하지 않나요? 인간의 몸이라는 게, 어쩌면 이렇게 남자와 여자가 제각기 그 특성을 가지고 알맞게 지어졌을까요? 가만히 내 몸을 돌아보고, 오장육부를 생각해 보면 이 우주가 정말 대단하다는 생각이 듭니다.

지금은 비록 공부에 온 정신을 쏟을 시기이지만, 한편으로는 몸도 그만큼 소중히 아끼고 보듬어야 할 때입니다. 따지고 보면 몸이 건강해야 공부도 잘할 수 있고, 몸이 튼튼해야 꿈을 이루고 또 거기에 매진할 수 있으니까요. 또한 몸은 신기하게도 음양오행과도 맞닿아 있습니다. 몸 자체가 하나의 작은 우주나 마찬가지예요.

21세기의 많은 철학자와 사상가들 역시 이제는 정신보다 몸을 먼저 돌아보아야 할 때라고 입을 모읍니다. 몸이 건강해야 건강한 생각을 할 수 있으니, 몸은 여러분이 가진 최고의 재산이랍니다.

그 몸 자체에 감사하고, 또 성별에 따른 차이를 왜곡하지 않고 있는 그대로 바라볼 일이에요. 장래 희망이 의사가 아니더라도 한 번쯤은 그림책을 보며 각 부위의 명칭과 기능을 봐 둘 필요도 있습니다. 저는 중학생 때 복막염을 앓았던 경험을 통해 많은 것을 깨달았어요. 아픈 부위가 맹장이라는 걸, 맹장염은 가만두어서는 안 되는 질병이라는 걸 알았더라면 잠시라도 참지 않았을 거예요. 내 몸이 외치는 소리를 알아들을 수 있었다면 말이에요.

"때마침 어디 마을에선/ 훅, 끼치는 밤꽃 향기가/ 밀려왔던가 말았던가" 싶어요. "밤꽃 향기"는 몽정을 나타내기도 합니다. 꿀벌이 꽃을 찾아 날아가듯, 소년의 몽정은 지극히 당연한 현상이에요. 우리 몸 또한 대자연의 일부로서 생동한다는 것을 여실히 보여 주는 증거니까요.

그래서 이 순간, 살아 있다는 게 더 고맙지 않나요? 쑥쑥 자라고 있다는 자체로 여러분은 이미 멋지고 어여쁜 삶을 살고 있으니까요.

몸에 더 관심을 가지고, 아끼고 또 아낄 일이에요.

죽도 할머니의 오징어

_유 하

오징어는 낙지와 다르게
뼈가 있는 연체 동물인 것을
죽도에 가서 알았다
온갖 비린 것들이 살아 펄떡이는
어스름의 해변가
한결한결 오징어 회를 치는 할머니
저토록 빠르게, 자로 잰듯 썰 수 있을까
옛날 떡장수 어머니와
천하 명필의 부끄러움
그렇듯 어둠 속 저 할머니의 손놀림이
어찌 한갓 기술일 수 있겠는가
안락한 의자 환한 조명 아래
나의 시는 어떤가?
오징어 회를 먹으며
오랜만에 내가, 내게 던지는
뼈 있는 물음 한마디

당연하다고 생각했던 것들이 당연하지 않을 때가 있습니다. 의심 한 번 하지 않았는데, 어느 순간 그게 아니라는 것을 깨달으면 인식의 충격이 오지요. 세상이 낯설게 보이고, 다시금 내 가치관과 마음가짐을 돌아보게 됩니다. 그러기 위해서는 가끔 여행을 떠나는 것도 좋을 거예요. 낯선 곳에서 사물을 보면, 거꾸로 그것들이 말을 걸어올 때도 있으니까요. 그만큼 나의 세상은 더 넓어집니다.

오징어는 씹는 맛이 참 좋지요. 다른 물고기들과 달리 뼈가 씹히지 않고, 마른 오징어는 들고 다니면서 먹기도 좋습니다. 하지만 응당 뼈가 없을 거라 생각했던 오징어가 "낙지와 다르게/ 뼈가 있는 연체 동물인 것"을 시인은 "죽도에 가서" 알게 됩니다. 알고 나서는 상당히 놀랐겠지요. 그리고 그곳에서 "어스름의 해변가/ 한 결한결 오징어 회를 치는 할머니"를 보며, 시인은 "저토록 빠르게, 자로 잰듯 썰 수 있을까" 하고 감탄합니다.

그러면서 자연스레 한석봉의 이야기를 떠올립니다. 어둠 속에서 한석봉은 글씨를 쓰고 어머니는 떡을 썰었는데, 아들의 글씨는

삐뚤빼뚤한 반면에 어머니의 떡은 정교하게 썰려 있었지요. 시인은 "어둠 속 저 할머니의 손놀림"을 보며 그것이 "어찌 한갓 기술일 수 있겠는가"를 곱씹고 또 곱씹어 봅니다. 삶에서 우러나오는 "손놀림"이 예술적인 경지에 다다른 순간, 그게 무엇인지는 더 이상 중요하지 않습니다.

시인은 할머니의 모습에서 오징어에 뼈가 있다는 것을 알았을 때보다 더 큰 충격을 받고는 자기 자신을 돌아봅니다. 오징어도 뼈가 있는데, 하물며 "안락한 의자 환한 조명 아래"에서 쓴 "나의 시는 어떤가?" 하고요. 시인은 '내 시는 치열한 삶의 현장에서 빚어낸 떡과 오징어에 미치지 못하는 아무것도 아닌 게 아닐까, 과연 내 시에 뼈가 있기는 한 것인가' 하고 반성했을 거예요. 그러면서 "오랜만에 내가, 내게 던지는/ 뼈 있는 물음 한마디"를 되새겼지요.

그렇습니다. 우리 주변을 보면 참으로 대단한 사람들이 많아요. 닮고 싶은 사람도, 똑같이 되고 싶은 사람들도 많지요. 하지만 반짝반짝 빛나며 자신을 드러내는 스타도, 위대한 업적을 이루어 낸 위인들도, 그들의 삶을 가만히 들여다보면 참으로 많은 역경과 시련을 딛고 일어나 오랫동안 노력해 온 것을 알 수 있습니다. 대중들은 그들에게 '무엇무엇의 신'이라는 호칭을 붙여 주지만 정작 그들은 고개를 젓습니다. 이제껏 땀을 흘린 것에 비하면 이것은 당연한 결과이며, 자신은 지극히 평범하다고 말입니다.

여러분은 어떤가요? 자신만의 떡과 오징어를 썰기 위해 부단히 정진하고 있나요? 한석봉이 어머니의 모습을 보고 깨달아 열심히 글공부를 했던 것처럼, 자신의 영역에서 '넘사벽'이 될 수 있게 달리고, 또 달리고 있나요?

그렇다면 기억해야 할 것이 있어요. 바로 때때로 자신의 모습을 돌아보는 일입니다. 지금 잘 하고 있는지, 혹여 너무도 안일하게 이 길을 걷고 있는 건 아닌지 말이에요. "나의 시는 어떤가?" 하고 돌아보며 반문했던 시인처럼, '나의 공부는 어떤가?' 하고 스스로 점검해 볼 필요가 있어요. 공부만이 아니라 지금, 이곳에서의 삶의 태도와 친구들과의 관계, 가정에서의 모습에서도 놓치는 것들이 없는지 돌아보고 반성하는 것이 중요해요. 그래야 그것을 디딤돌 삼아 더 거침없이 앞으로 나아갈 수 있을 테니까요.

시도 공부도 다르지 않습니다. 모두 제 자신에게 질문을 던지고, 이에 대한 답을 찾는 일인 것 같아요. 꼭 정답을 찾을 필요는 없답니다. 끊임없이 되묻고, 돌아보고, 반성하고, 다시 사유하는 것으로 충분하지요.

지금, 이 순간 한번 내 모습을 영사기에 넣고 쭉 돌려 보면 어떨까요? 하얀 벽에 무엇이 보이나요? 그리고 나는 어떻게 비춰지나요? 그렇다면 다음 장면은 어떻게 전개될까요?

막막해도 좋습니다. 그저 묻고, 또 묻기로 해요. 그게 공부니까요.

프란츠 카프카

_오규원

- MENU -

샤를르 보들레르	800원
칼 샌드버그	800원
프란츠 카프카	800원
이브 본느프와	1,000원
에리카 종	1,000원
가스통 바슐라르	1,200원
이하브 핫산	1,200원
제레미 리프킨	1,200원
위르겐 하버마스	1,200원

시를 공부하겠다는

미친 제자와 앉아

커피를 마신다

제일 값싼

프란츠 카프카

　　　　내로라하는 시인, 작가, 철학자의 이름이
마치 카페 메뉴판처럼 죽 늘어서 있습니다. 옆에는 가격까지 적혀
있네요. 이 시는 얼핏 보면 단순하고 재미있지만 한편으로는 현대
사회의 씁쓸한 일면을 담아내고 있어요.

　한 번쯤은 시간을 내서 텔레비전이나 신문 등의 매체를 꼼꼼히
살펴볼 일이에요. 스포츠 선수의 연봉, 영화배우의 출연료, 세계
100대 재벌의 명단과 기업들의 매출 등등, 온통 돈에 대한 이야기
로 가득합니다. 재산이 인간의 사회적 지위와 인격까지 대변하는
세상이 된 것이지요. 자본주의 사회에서 자란 우리에게는 그게 당
연하게 느껴지는 것도 사실이고요.

　하지만 가만히 생각해 보면 어쩐지 세상 참 각박하다 싶어 서
글퍼집니다. 사람을 돈으로 사고파는 사회라니요. 어쩌면 그래서
우리도 열심히 공부하는 것인지도 모릅니다. 좀 더 많은 월급을
받고, 더 큰 명예를 얻기 위해서 말이지요.

　오규원 시인은 그런 우리의 모습을 이 시를 통해 담담하게 비
춰 줍니다. 마치 메뉴판의 커피를 고르듯 사람을 돈으로 환산하

고 다시 거기에 서열을 매기는 일상과, 가장 숭고한 직업인 문학가, 철학자들까지 값으로 환산해 버리는 우리네 모습을 낯설게 보여 주지요. 그러면서 자조하듯 정곡을 찌릅니다. "시를 공부하겠다는/ 미친 제자와 앉아/ 커피를 마신다"고요. 이런 자본주의 사회에서 "시를 공부하겠다는" 것은 그야말로 '미친 짓'으로 여겨진다는 게 안타깝기만 할 따름이에요.

그렇다면 인간도 문학도 상품이 되어 버린 이 세계에서 우리는 어떻게 살아가면 좋을까요? 그저 몸값을 올리기 위해 돈벌레처럼 나아가는 것만이 전부일까요?

프란츠 카프카의 단편 소설 《변신》은 가족들의 생계를 책임지던 큰아들이 어느 날 갑자기 끔찍한 벌레로 변해 버리면서 가족들과 갈등을 겪는 이야기를 다루고 있습니다. 당대 사람들은 물론이고 오늘날까지도 전 세계 사람들에게 실존과 가족이란 무엇인지 많은 질문을 던지는 명작이에요. 값으로만 따진다면 이보다 더 의미 있는 작품이 어디 있을까요? 하지만 자본주의 사회에서는 그마저도 "제일 값싼" 떨이로 팔리고 맙니다. 시인은 반어적인 표현을 통해 이러한 세상을 거듭 풍자하지요.

그렇다면 우리의 모습은 어떤지요? 아니, 이렇게 물어보는 게 더 좋을 듯합니다. 여러분은 얼마짜리인가요? 혹시 이 질문이 기분 나쁘다면 '나는 얼마나 많은 사람들에게, 얼마나 큰 영향과 감동을 줄 수 있을까?'로 바꾸어 생각해도 좋아요. 정신적으로 큰 힘과 희망을 줄 수 있는 사람이 될 수 있다면 높은 연봉이나 빛나는 명예도 자연스레 따라오지 않겠어요?

자본을 넘어 값을 매길 수 없는, 아니 아예 값과는 상관없는 사람이 되기로 해요. 내 꿈에게 백지수표를 주고, 세상의 모든 황금 중에서 가장 비싸다는 '지금'을 위해 변신을 외쳐 보면 어떨까요?

"제일 값싼" 카프카보다 더 값싼 사람이 되기 위해!

국화 옆에서

_서정주

한 송이의 국화꽃을 피우기 위해
봄부터 소쩍새는
그렇게 울었나 보다.

한 송이의 국화꽃을 피우기 위해
천둥은 먹구름 속에서
또 그렇게 울었나 보다.

그립고 아쉬움에 가슴 조이던
머언 먼 젊음의 뒤안길에서
인제는 돌아와 거울 앞에 선
내 누님같이 생긴 꽃이여.

노오란 네 꽃잎이 피려고
간밤엔 무서리가 저리 내리고
내게는 잠도 오지 않았나 보다.

　　　　　아무 생각 없이 사물을 관찰하다 보면 작은
깨달음이 찾아올 때가 있습니다. 특히 꽃을 보고 있으면 어떻게
저렇게 아름다운 꽃이 피어났을까 싶어 아, 하는 감탄이 절로 나
오지요. 이 시에서도 화자는 "한 송이의 국화꽃"을 바라보며 그 꽃
을 피워 낸 주변 생물들과 자연의 섭리를 떠올립니다.

　꽃도 생물이니 감각도 있고 어쩌면 감정도 있을 거예요. 동물
과 마찬가지로 꽃도 아침에 일어나서 이슬을 담뿍 마시고, 땅속
영양소도 흡수하겠지요. 이따금씩 찾아오는 벌들에게 꽃가루도
기부하고요.

　너무도 자연스러운 모습이지만 쉬이 얻어진 건 아닌 것 같아
요. "한 송이의 국화꽃을 피우기 위해/ 봄부터 소쩍새는" 아프게
울었고, "천둥은 먹구름 속에서" 흔들리며 울었을 테니까요. 그런
고통이 지나고 나서야 "국화꽃"을 피워 낼 수 있었던 것이지요.

　어찌 보면 우리들도 각자 자신들만의 "국화꽃"을 피우기 위해
더 고민하고 힘들어하며 "그렇게" 울고 있는 건 아닐까요. 얼마나
더 울어야 할지는 모르겠어요. 하지만 분명한 건 "그렇게 울"수록

"한 송이의 국화꽃"은 더 예쁘고 건강하게 자란다는 것이에요. 지금 흘리는 눈물이 쓰리고 아릴수록 내 꿈, 내 꽃에게는 단비와도 같겠지요.

화자는 국화꽃 옆에서 "그립고 아쉬움에 가슴 조이던/ 머언 먼 젊음의 뒤안길"을 떠올리고 있어요. "소쩍새"와 "천둥"이 울듯 힘들고 외로웠지만, 그 덕분에 "인제는 돌아와 거울 앞에" 설 수 있네요. 여기서 국화꽃은 지나온 내 삶을 비춰 주는 거울이기도 해요. 화자는 과거를 돌아보며 자신의 삶을 아프게 했던 "소쩍새"와 "천둥" 그리고 "무서리"를 생각하며 그것들과 화해하고 있어요. 그 덕분에 "내 누님같이 생긴 꽃"과 "노오란 네 꽃잎"까지 얻을 수 있었으니까요.

여러분도 거울 앞에 한번 서 보세요. 아직은 마음에 들지 않을지도 몰라요. 하지만 오늘의 나는 어제 자신이 꿈꾸었던 바로 그 모습이랍니다. 거울에 어떤 모습이 비치고 있나요? 그 모습이 마음에 드나요? 혹시 힘들고 괴로운 일이 있었다면, 그로 인해 달라진 점은 무엇이 있을까요?

아직 꽃이 활짝 피지 않았더라도 슬퍼하거나 놀라지 마세요. 당연한 것이니까요. 조금씩 생채기가 보인다면 잘하고 있는 것이에요. 왜냐고요? 여러분은 이 우주의 에너지를 한껏 흡수하면서 "한 송이 국화꽃"으로 잘 자라고 있기 때문이지요.

어쩌면 울음은 이 세상의 기운을 끌어당기는 주파수일지도 몰라요. 그래서 갓난아기들이 태어나자마자 울음을 터뜨려서 생명의 기운을 받는 게 아닐까요. 우리도 국화 곁에 서서 울다 지쳐 두 눈이 퉁퉁 부은 모습으로 지나온 삶과 지금의 상처를 긍정하기로 해요. 그 속에서 자신의 생활뿐만 아니라 "내 누님같이 생긴" 사람들의 모습까지 끌어안기로 해요.

다른 이는 몰라도 "국화꽃"은 말해 주고 있잖아요? 아무리 이 나라가, 이 지구가, 이 세계가 막막하고 두려울지라도 우주는 여러분의 꽃받침에 지나지 않는다는 사실을 말이에요.

시작은, 그리고 피워 올림은 지금부터예요.

꽃씨는 이미 내 안에 있으니까요.

야초野草

_김대규

돈 없으면 서울 가선
용변도 못 본다.
오줌통이 통통 불어 가지고
시골로 내려오자마자
아무도 없는 들판에 서서
그걸 냅다 꺼내들고
서울 쪽에다 한바탕 싸댔다.
이런 일로 해서
들판의 잡초들은 썩 잘 자란다.
서울 가서 오줌 못 눈 시골 사람의
오줌통 불리는 그 힘 덕분으로
어떤 사람들은 앉아서 밥통만 탱탱 불린다.
가끔씩 밥통이 터져 나는 소리에
들판의 온갖 잡초들이 귀를 곤두세우곤 한다.

서울은 사람 많은 대도시라 물가도 비싸지요. 화장실 인심도 야박해서 돈을 받고서야 들여보내 주는 유료 화장실도 있습니다. 화자가 "돈 없으면 서울 가선/ 용변도 못" 볼 정도라고 말할 정도니 오죽할까요. 가난한 화자는 "오줌통이 통통 불" 때까지 참고는 "시골로 내려오자마자/ 아무도 없는 들판에 서서" 대놓고 "서울 쪽에다 한바탕 싸" 버립니다. "이런 일로 해서/ 들판의 잡초들은 썩 잘" 자라기만 합니다.

문명의 혜택을 받으며 자란 도시 사람들은 쉬이 생각할 수 없는 일이에요. 자연은 인간에게 열매와 곡식뿐만 아니라 셀 수 없이 많은 것들을 주고 있지만, 도심 속에서 살아온 우리들은 어느 순간 그런 것들을 외면한 채 점점 기계적인 삶만을 추구하고 있어요. 주변 환경도, 삶의 패턴도, 사고방식까지도 공장에서 돌아가는 벨트 컨베이어처럼 정교하게 세팅되어 움직일 따름입니다.

그래서 이제 "들판"에 한바탕 오줌을 갈기는 "이런 일"은 일어날 여지도 없고, 일어나서도 안 되는 비상식적인 일이 되어 버렸지요. 하지만 바로 "이런 일" 때문에 "들판의 잡초들"과 벼가 자라며, 사람과 자연이 서로 부대껴 살아갈 수 있답니다.

"서울 가서 오줌 못 눈 시골 사람의/ 오줌통 불리는 그 힘 덕분으로" 논밭에는 알곡이 튼실하게 여물고, 산천에는 과일이 싱그럽게 영글지요. 하지만 "어떤 사람들"은 그것도 모른 채 그저 "앉아서 밥통만 탱탱" 불립니다. 아마도 도시 사람들이 그렇겠지요? 생각해 보니 안타깝네요. 내 배 속을 채워 주는 것들이 어떻게 자랐는지, 어디서 왔는지 모른다는 게 말이에요. 그리고 그것들이 내게 어떤 힘과 영양과 숨결을 불어넣어 줄지도 모르고 "밥통만 탱탱" 불리고 만다는 사실도 서글프기만 합니다.

그렇게 내 "밥통"에 들어온 것들이 어디서 왔는지 모른다면, 마찬가지로 어디로 가는지도 모를 거예요. "가끔씩 밥통이 터져 나는 소리에/ 들판의 온갖 잡초들이 귀를 곤두세우곤" 하는 것도, 그로 인해 다시 잡초와 나무가 자란다는 것도 알 수 없겠지요. 이것을 깊이 생각해 보면 자연의 순환이라는 것이 참 놀라울 따름입니다. 사람은 그 거대한 순환에서 작은 한 부분을 차지할 뿐이고요.

"서울"에서는 점점 그런 것을 느끼기가 어려워지고 있다는 게 아쉽네요. 하지만 여러분은 대자연에게 '신의 한 수'라는 것을 기억해야 합니다. 그것이 우리가 문명의 이기에 잠식당하지 않고, 자연으로 돌아가야 할 이유랍니다.

가끔은 엉뚱하게 내 삶에 빈틈을 두는 것도 괜찮을 것 같아요. 무엇이든 참지 말고 속 시원히 쏟아 내도 좋겠지요. 평범한 삶에 자극을 주는 깜짝 이벤트라도 기획해 보면 좋을 것 같아요. 만약 이벤트를 생각해 내기가 어렵다면, 오늘 한번 시원하게 엉덩이를 까고 앉아 밥통을 터뜨려 볼까요? 비데가 설치된 변기통이 아닌, 뒷산 개울에서 말이에요. 그냥, 그 자체만으로도 충분할 것 같아요.

지금, 이곳에서 속 시원히 자연과 소통할 수 있다면요.

정전

_이 하

전기가 나가고서야 정신이 들었다

서랍장 속에 처박혔던 촛불이
네모난 화면 대신
다섯의 동그만 얼굴을
수제비처럼 빚어내고서야

윗집에 애기가 태어났다는 것과
동네에 뻐꾸기가 산다는 것을,

지하에 살아 지상보다 아늑하며
진작 풀 냄새가 흘러들었음을,

북극성으로 알았던 별이 기실은
인공위성이었으나 벌써
개밥바라기가 마실 나왔음을,

잠투정하며 막 깨어난 막둥이는
숙제를 하지 않아도 좋았다

현대사회는 그 자체로 경쟁 사회입니다. 특
히 한국 사회는 점점 경쟁이 심해지는 것 같습니다. 오죽하면 오
락 프로그램에서까지 서바이벌 예능이 대세일까요?

여러분들은 아마 더 깊이 실감하고 있을 거예요. 일등부터 꼴등
까지 줄을 서야 하고, 대입을 앞두고 점수를 더 올려서 좋은 대학
에 가야 하니, 숫자와 순번에 더 민감해질 수밖에 없을 것입니다.

하지만 대학만 가면 모든 게 끝날까요? 요즘 대학교는 '취업 고
시'를 준비하는 또 다른 학원이라고도 합니다. 학교 다니는 내내
학점을 잘 따야 하고 영어 공부도 해야지요. 봉사 활동도 챙겨야
하고 복수 전공은 기본입니다. 그러다 보면 그토록 갈망했던 대학
시절도 훌쩍 지나가 버리고 맙니다.

회사에 취직하면 달라질까요? 사원은 대리로, 대리는 과장으
로, 과장은 부장으로, 그렇게 올라가다 보면 매 순간 한시도 긴장
을 늦출 수 없지요. 그러다 보면 어느새 퇴직을 하게 됩니다.

그렇다고 모두가 그렇게 살아가는데, 자기만 남과 다른 방식으
로 살아가기도 쉽지는 않습니다. 물론 자신만의 생활양식을 가꿔

나가는 사람도 많습니다. 다만 이런 삶 속에서도 '멈춤'과 '여유', 즉 느림의 미학이 필요하지요.

하지만 어릴 때부터 더 빨리 달리는 데만 급급했던 우리들은 조금 느려지는 데 서투릅니다. 어쩌다 조금 속도를 늦췄다 싶으면 금방 불안해지기 마련이고요. 그래서 느려지는 데에도 연습이 필요합니다.

이 시에는 제가 열여섯 살 때, 복막염 수술을 마치고 퇴원해서 방에 누워 있을 때 겪은 이야기를 담았습니다. 막연하게 불안을 느끼던 어느 날 밤, 갑자기 정전이 되었습니다. 신기하게도 "전기가 나가고서야 정신이" 들고, 불안하던 마음이 가라앉았답니다. "서랍장 속에 처박혔던 촛불이/ 네모난 화면 대신/ 다섯의 동그만 얼굴을/ 수제비처럼 빚어내고서야" 비로소 "윗집에 애기가 태어났다는 것과/ 동네에 뻐꾸기가 산다는 것"을 알았지요.

세상이 온통 깜깜해지니 그때서야 주위의 사람과 생물들이 보였답니다. 신기했어요. 이전에는 전혀 느끼지 못했던 것들이었고, 생각지도 못했던 상황들이었거든요. 하던 일을 못해서 답답하기보다는 오히려 마음이 편해지고 가슴속에 무언가가 꽉 들어찼지요.

그렇게 전기가 없는 중에 고요한 세상을 돌아보니 "지하에 살아 지상보다 아늑하며/ 진작 풀 냄새가 흘러들었음을" 느낄 수 있었어요. 더 나은 환경을 갈망하기보다는, 있는 그대로의 현실에 감사하는 법을 알았고 그 속에서 더 많은 장점을 찾을 수 있게 되었지요.

또한 세상을 보는 시선도 더 깊어졌어요. "북극성으로 알았던 별이 기실은/ 인공위성"이었다는 사실도 알았고요. 한번 멈춰 서서 세상을 바라보니, 제가 "북극성"인 줄 알고 손에 쥐기 위해 노력했던 대상이 사실은 한낱 "인공위성"에 불과하다는 것을 깨달았거든요.

그렇게 생각하니 오히려 시간을 번 기분도 들었지요. 전기가 나가서 하던 일을 멈추고 뒤를 돌아보지 않았다면, 저는 계속 엄한 길로 갔을 테니까요. 그제야 "벌써/ 개밥바라기가 마실 나왔음을" 알아볼 수 있었답니다.

지금 달려가고 있는 길이, 무작정 속도를 내고 있는 이 삶이 혹

"북극성"이 아닌 "인공위성"만 쫓고 있는 게 아닌지 돌아볼 필요도 있지 않을까요? 때로는 가만히 멈춰 서서 천천히 주변을 살펴보며 삶을 '리셋reset'할 필요도 있지 않을까요?

남들보다 더 천천히 걷는다고 해서 마냥 뒤처지는 것은 아닙니다. 그만큼 더 알찬 지도를 만들어 낼 수도 있으니까요. 스스로 브레이크를 거는 연습을 해 보세요. 밤하늘을 올려다보며 자신만의 "개밥바라기" 별을 꼭 찾아내기를.

그러기 위해서는 먼저 두꺼비집을 내려야겠지요? 한 번쯤은 전기를 끊고 하루를 살아 보기를. 그러고 나면 전기가 없어도 살아가는 법을 하나씩 배우게 될 것입니다. 세상의 입김이나, 문명의 이기가 없이도 온전히 혼자 설 수 있는, 자신만의 동력을 찾게 될 거예요.

부디 스스로 촛불이 되어 세상을 밝힐 수 있기를!

작품 출처

※이 책에 수록된 모든 시는 저작권자에게 허락을 구하였습니다.
작품 수록을 허락해 주신 분들께 감사의 말씀을 전합니다.

첫 번째 이야기 : 이룰 수 없는 꿈을 꾸는 마음

체 게바라 〈나의 삶〉, 《체 게바라 시집》, 노마드북스, 2007

프로스트 〈가지 않은 길〉, 《내가 사랑하는 시》, 샘터사, 1997

보들레르 〈앨버트로스〉, 《악의 꽃 파리의 우울》, 동서문화사, 2013

브리지스 〈인생 거울〉, 《축복》, 비채, 2006

최승호 〈북어〉, 《대설주의보》, 민음사, 1983

도종환 〈담쟁이〉, 《당신은 누구십니까》, 창작과비평사, 1993

고은 〈화살〉, 《새벽길》, 창작과비평사, 1978

김기림 〈바다와 나비〉, 《김기림 전집》, 심설당, 1988

김남주 〈시인은 모름지기〉, 《사상의 거처》, 창작과비평사, 1991

고은 〈머슴 대길이〉, 《한국대표시인 101인 선집》, 문학사상사, 2003

두 번째 이야기 : 이룰 수 없는 사랑을 하는 날

문정희 〈아들에게〉, 《어린 사랑에게》, 미래사, 1991

박남철 〈첫사랑〉, 《지상의 인간》, 문학과지성사, 1984

유강희 〈어머니 발톱을 깎으며〉, 《현장 비평가가 뽑은 올해의 좋은 시》, 현대문학, 2009

천양희 〈물에게 길을 묻다3〉, 《너무 많은 입》, 창작과비평사, 2005

곽재구 〈사평역에서〉, 《사평역에서》, 창작과비평사, 1983

유하 〈사랑의 지옥〉, 《세상의 모든 저녁》, 민음사, 1999

임제 〈무어별無語別〉,《역주 백호전집》, 창작과비평사, 1997

기형도 〈엄마 걱정〉,《입 속의 검은 잎》, 문학과지성사, 1991

정호승 〈수선화에게〉,《외로우니까 사람이다》, 열림원, 2008

이성복 〈무언가 아름다운 것〉,《아 입이 없는 것들》, 문학과지성사, 2003

세 번째 이야기 : 견딜 수 없는 고통을 견디는 시간

고은 〈어떤 기쁨〉,《어느 바람》, 창작과비평사, 2002

함기석 〈축구소년〉,《국어선생은 달팽이》, 세계사, 1998

김사이 〈바람의 딸〉,《반성하다 그만둔 날》, 실천문학사, 2008

푸시킨 〈삶이 그대를 속일지라도〉,《삶이 그대를 속일지라도》, 써네스트, 2009

정희성 〈학교 가는 길〉,《한 그리움이 다른 그리움에게》, 창작과비평사, 1991

김억 〈봄은 간다〉,《태서문예신보》, 태서문예신보, 1918

천상병 〈귀천歸天〉,《저승 가는 데도 여비가 든다면》, 답게, 1995

윤동주 〈자화상〉,《하늘과 바람과 별과 시》, 정음사, 1948

김남조 〈생명〉,《가슴들아 쉬자》, 시인생각, 2012

김남조 〈설일〉,《가슴들아 쉬자》, 시인생각, 2012

네 번째 이야기 : 닿을 수 없는 저 하늘의 별을 따고픈 열망

김기택 〈바퀴벌레는 진화 중〉,《태아의 잠》, 문학과지성사, 1991

김경미 〈야채사野菜史〉,《고통을 달래는 순서》, 창작과비평사, 2008

고영민 〈똥구멍으로 시를 읽다〉, 《악어》, 실천문학사, 2012

신경림 〈파장罷場〉, 《농무》, 창작과비평사, 1975

전봉건 〈피아노〉, 《꿈속의 뼈》, 근역서재, 1980

손택수 〈아버지의 등을 밀며〉, 《호랑이 발자국》, 창작과비평사, 2003

김종삼 〈민간인〉, 《북치는 소년》, 민음사, 1979

김수영 〈푸른 하늘을〉, 《거대한 뿌리》, 민음사, 1974

안도현 〈연탄 한 장〉, 《외롭고 높고 쓸쓸한》, 문학동네, 1994

김종삼 〈장편掌篇2〉, 《김종삼 전집》, 나남, 2005

다섯 번째 이야기 : 지금 이 순간, 풍차에 달려드는 돈키호테처럼

유종순 〈채석장에서〉, 《고척동의 밤》, 창작과비평사, 1987

안도현 〈고래를 기다리며〉, 《바닷가우체국》, 문학동네, 1999

김광섭 〈저녁에〉, 《겨울날》, 창작과비평사, 1975

강은교 〈숲〉, 《빈자일기》, 문학동네, 1996

고재종 〈그 희고 둥근 세계〉, 《앞강도 야위는 이 그리움》, 문학동네, 1997

유하 〈죽도 할머니의 오징어〉, 《무림일기》, 문학과지성사, 2012

오규원 〈프란츠 카프카〉, 《가끔은 주목받는 생이고 싶다》, 문학과지성사, 1987

서정주 〈국화 옆에서〉, 《선운사 동백꽃 보러갔더니》, 시인생각, 2012

김대규 〈야초野草〉, 《흙의 노래》, 해냄, 1995

이하 〈정전〉, 《내 속에 숨어사는 것들》, 실천문학사, 2012